읽으면 행복하다

읽으면 행복하다

이만수 지음

이담
Books

책을 내면서

우리는 생활에서 충분한 만족과 기쁨을 느끼며 살고 있을까?

　　　　　우리는 행복하다 할 수 있을까? 그러나 나는 행복하다. 읽을 수 있는 시간이 있으니 행복하고, 읽을 책이 있으니 행복하고, 읽을 공간이 있으니 행복하다.

　행복이 무엇일까? 만족과 기쁨이다. 무엇이 만족과 기쁨을 줄까? 사람마다 다르다. 어떤 이는 돈이, 어떤 이는 건강이, 어떤 이는 지위가 만족과 기쁨을 준다. 대부분의 사람이 이 세 가지를 원할지도 모르겠다. 또 어떤 이는 행복이 별다른 것이 아니라고 했다. 욕심을 줄이고, 만족할 줄 아는 것, 그게 행복이라 했다.

　맹자(孟子)의 진심편(盡心篇)에는 군자의 3가지 즐거움(三樂)이 있다. 부모가 함께 살아 계시고 형제도 무사한 것, 하늘이나 남에게 부끄러워할 일이 없는 것, 천하의 영재(英才)를 얻어 이들을 교육하는 것이다. 바로 군자의 삼락이 행복이 아닐까?

　난 평생을 교육자로 살고, 부끄러워할 일이 없으니(?) 삼락 중

에 이락은 충족했다할까? 한편 공자가어(孔子家語)를 보면, 인생의 3가지 즐거움이 나와 있다. 사람으로 태어난 것, 남자로 태어난 것, 장수를 누리는 것이다. 난 사람으로 태어났으니 행복하고, 좋은 일을 하고, 장수할 것 같으니 행복하다.

행복은 스스로 만들어 갈 수 있다. 스스로 만들어야 한다. 남 때문에 행복하지 않을 수도 있다. 남의 탓으로 돌리지 말고 나의 탓으로 하고, 행복해지려고 노력하자. 인간의 욕구는 무한정이다. 만족하게 채울 수 없다. 그러니까 채우고, 채우고 또 채워도 언제나 부족한 것이다. 그러나 채울 수 있도록 노력하자. 그러면 행복해 질 것이다.

행복지수가 있다. 행복지수는 자신이 얼마나 행복한가를 스스로 측정하는 지수이다.

영국의 심리학자 로스웰(Rothwell)과 인생 상담사 코언(Cohen)이 만들어 2002년 발표한 것이다. 이들은 연구를 통해 '행복은 인생관·적응력·유연성 등 개인적 특성을 나타내는 P(personal), 건강·돈·인간관계 등 생존조건을 가리키는 E(existence), 야망·자존심·기대·유머 등 고차원 상태를 의미하는 H(higher order) 등 3가지 요소에 의해 결정된다.'고 주장하였다. 특히 3요소 중에서도 생존조건인 E가 개인적 특성인 P보다 5배 더 중요하고, 고차원 상태인 H는 P보다 3배 더 중요한 것으로 판단하여 행복지수를 P+(5×E)+(3×H)로 공식화하였다.

행복지수를 높이기 위해서 ① 가족과 친구 그리고 자신에게 시간을 쏟자. ② 흥미와 취미를 추구하자. ③ 밀접한 대인관계를 맺자. ④ 새로운 사람들을 만나자. ⑤ 기존의 틀에서 벗어나자. ⑥ 현재에 몰두하고 과거나 미래에 집착하지 말자. ⑦ 운동하고 휴식하자. ⑧ 항상 최선을 다하되 가능한 목표를 갖자 등 8가지를 제안한다.

너도, 나도, 우리 모두 행복지수를 높이자. 나는 행복하다. 책을 읽으니 더욱 행복하다.

이 책은 모두 7 part로 다음과 같이 나누었다.

part 1 읽으면 행복하다. part 2 읽으면 리더가 된다. part 3 CEO는 책을 읽었다. part 4 독서 명언 명구를 읽으면 행복하다. part 5 독서표어를 읽으면 행복하다. part 6 주제가 있는 글을 읽으면 행복하다. part 7 시를 읽으면 행복하다.

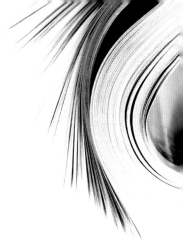

　그 동안 준비했던 강의 자료와 틈틈이 쓴 글을 모아 행복이란 주제로 엮어 보았다. 아무쪼록 책을 사랑하고 독서를 좋아하는 분들에게 조금이나마 도움이 되기를 바란다.

　끝으로 남편과 두 딸을 위하여 헌신적인 뒷바라지를 한 사랑하는 홍현숙(洪賢淑) 여사에게 고마운 마음을 전한다. 또한 이 책이 나오기까지 교정을 비롯하여 많은 도움을 준 맏딸 중원대학교 이지연(李知衍) 교수 그리고 작은 딸 대진대학교 이지나(李知娜) 외래교수에게 질 높은 교육과 연구, 봉사에 매진하는 훌륭한 교수가 되기를 바라면서 아버지의 따뜻하고 사랑하는 마음을 전한다.

　그리고 참고한 관계 문헌에서 받은 은혜에 대하여 저자 여러분에게 감사드리며, 여러 가지 어려움을 무릅쓰고 출판을 기꺼이 허락하여 주신 한국학술정보(주) 사장님과 관계자 여러분께 감사드린다.

2013년 8월 1일

왕방산 아래 서재에서

谷泉 李萬洙

목 차

Part 1

읽으면
행복하다

읽으면 행복하다

독서는 책을 읽는 것이다. 책 속에 담겨있는 의미를 이해하고 파악하는 것이다. 우리는 독서를 통해서 책 속의 정보를 얻게 되는 것이다.

책은 인간의 삶을 풍성하게 해 주는 지식의 창고이다. 책은 인류 문명의 발자취이다. 인간에게 필요한 정보가 녹아 있는 보물창고이다. 책은 인간의 발명품 중에 가장 위대한 것이다. 책은 한 시대의 단면을 보는 문화이다. 책은 천의 얼굴을 가진 '희망의 마법사'이자, '성공 제조기'이다.

율곡 선생은 '사람의 살아가는 도(道)는 궁리(窮理)보다 앞서는 것이 없고, 궁리는 책을 읽는 것보다 앞서는 것이 없다'라고 하며 독서의 중요성을 제시하였다.

우리는 독서라는 행위를 통하여, 책 속의 정보를 취득하게 된다. 책 읽기를 위해 시간을 투자하는 것은 매우 중요하다.

무엇보다 독서는 누구나 누릴 수 있는 고상한 기쁨이다. 독서는 자기 성찰의 기회를 주고, 삶에 대한 통찰력과 안목을 길러준다. 독서는 진정한 삶의 가치를 깨닫게 한다.

옛 어른들은 낮에는 밭 갈고 저녁에는 책을 읽었으며, 불빛이 없으면 반딧불 밑에서라도 독서하였다. 항상 책을 읽고 좋은 생각을 하여야만 좋은 일을 할 수 있다고 믿었던 것이다.

독서한다는 것은 의미를 지니고 있는 문장이나 글을 이해하면서 읽어 가는 것이다. 책을 읽자. 정독하자. 미독하자. 독서는 중요하다.

읽으면 기쁘고 행복하다.

1. 책을 읽으면 행복하다

조선시대에 행복한 가정은 '책 읽는 소리가 나는 가정'이라고 하였다. 독서는 행복한 가정을 말하는 조건 중 하나이다.

4월 23일은 '세계 책의 날(world book day)'이다. 10월 11일은 '우리나라 책의 날'이다. 이 날에 책을 생각하자. 책의 소중함을 알자. 책을 선물하자. 친구에게, 애인에게, 스승에게, 제자에게, 이웃에게 책을 선물하자.

책을 읽으면 행복하다. 책 속에 행복이 있다. 인생의 철학이 있다. 삶의 지혜가 있다. 독서하면 상식과 교양이 풍부해지고, 독해 능력도 뛰어나게 되고, 공부도 잘 하게 된다. 책 읽기는 학습능력을 기르는 효과적인 방법 중의 하나이다. 책 읽기는 달성 가능한 목표를 정하여 시작하는 것이 좋다. 그래야만 행복한 책 읽기가 될 수 있다.

'읽으면 행복하다'라는 표어가 있다. 도서관에서, 벤치에서, 지하철에서 책을 읽고 있는 모습은 행복해 보인다. 남아수독오거서(男兒須讀五車書)라는 말이 있는데, '책을 많이 읽어야 한다'는 말이다.

다시 말하면 '사람 노릇 잘 하려면 많은 책을 읽어야 한다'라는 말이다. 영국의 철학자 베이컨은 '토론은 부드러운 사람을 만들고, 글쓰기는 정확한 사람을 만들며, 독서는 완전한 사람을 만든다'고 하였다.

엄마와 같이 앉아 책 읽는 아이가 보고 싶다. 책을 읽고 있

15

는 모습을 보면 아름답다. 책을 읽는 것은 아이들의 10년 후를 위한 투자라고 한다. 책 읽기의 효과는 당장이 아니라 미래에 나타나는 것이다. 책 읽기는 처음엔 힘들지만 나중에는 매우 즐거워지는 활동이다. 책 읽기는 나를 돌아보고, 나를 찾는 행복한 여행이다.

난 책을 읽고 있는 청소년의 모습이 보고 싶다. 도서관에서 책을 읽고 있는 대학생을 보면 마음이 흐뭇하고 기분이 좋다. 독서하고 있는 모습을 보면서, 난 희망찬 학생의 앞날을 생각해 본다.

독서하는 모습은 아름답다. 연구실에서 책을 읽고 있는 교수는 학생을 감동시킨다. 책을 읽고 있는 사장은 사원에게 애사심을 갖게 하고 성취동기를 촉진시킨다. 독서하면 아름답다. 책을 읽으면 행복하다.

2. 행복한 가정에는 책 읽는 소리가 난다

옛날부터 행복한 가정의 3다(三多)가 있다. 행복한 가정에는 3가지 소리가 들리는 가정이다. 첫째, 웃음소리이다. 둘째, 아기 울음소리이다. 셋째, 책 읽는 소리이다. 웃음소리가 나면 화목한 가정이요, 아기 울음소리는 자손이 있다는 것이요, 책 읽는 소리는 학식이 있는 가정이라는 뜻이 아닐까?

다산 정약용도 '듣기 좋은 소리는 글 읽는 소리'라고 말한 바 있다. 다산은 유배지에서 아들에게 보낸 편지에 '책을 읽고, 책을 저술하라'고 하였다. 주자(朱子)도 '거가사본(居家四本)*'을 설명하면서 제가(齊家), 치가(治家), 기가(起家), 보가(保家)의 근본 뜻이 무엇인가를 설명하였다. 즉 화순(和順)은 제가, 근검(勤儉)은 치가, 독서(讀書)는 기가, 순리(循理)는 보가의 근본이라 하고는, 집안을 일으키는 기가의 근본은 책을 읽는 독서에 있다고 주장하였다.

17

낭독(朗讀)이란 '글을 소리 내서 읽는 것'을 말한다. 즉 글을 '큰 소리로 읽는 것'을 말한다. 낭독은 눈으로 보고 귀로 듣는 데서 그치는 것이 아니라, 입으로 소리 내어 스스로 몸을 통해서 느끼는 것이다. 그러므로 낭독은 '제3의 감각'이라고 할 수 있다. 낭독은 발음뿐만 아니라, 문장구조와 어휘력, 사고의 흐름도 자연스럽게 익힐 수 있기 때문에 발표력은 물론 적극적인 성격을 형성하는 데 큰 도움이 될 수 있다.

옛날에는 책을 눈으로 읽는 것이 아니라, 소리 내어 읽었다.

서당에서 가락에 맞추어 낭랑한 목소리로 '하늘 천, 따 지, 검을 현, 누루 황, 집 우'하고 책을 읽었다. 어린 아이들은 사랑채에서 들려오는 글 읽는 소리를 듣고 자랐다.

행복한 가정은 책 읽는 소리가 나는 가정이다.

책을 소리 내어 읽자. 부모님부터 책을 소리 내어 읽자. 연속극에 매달려 있는 TV 앞에 있는 어른들부터 책을 읽자. 책 읽는 가정이 행복한 가정이다.

* **거가사본(居家四本):** 가정생활의 네 가지 근본.

3. 책을 읽으면 리더(Leader)가 된다

책을 많이 읽어 훌륭하게 된 사람이 많다. 동양에도, 서양에
도, 우리나라에도 많다.

백독백습 세종대왕, 동경구상으로 유명한 독서광 이병철
회장, 독서습관을 강조하는 빌 게이츠, 다독가 빌 클린튼 대통
령, 신간을 다 읽는 독서광 리 콴유 수상, 다독가 나폴레옹, 독
서로 인생이 바뀐 오프라 윈프리, 기타 독서광 줄리어스 시저,
베토벤, 설교의 제왕 스펄전 목사 등이 있다.

Reader가 Leader가 된다. 독서는 성공의 초석이다.

어릴 때부터 세종은 책을 많이 읽었다. 어린 시절 세종의 독
서법은 '백독백습' 즉, 100번 읽고 100번 쓰는 것이었다. 신하
에게도 '사가독서'라 하여 일정한 기간 동안 집에서 쉬면서
책을 읽도록 하는 휴가 제도를 만들기도 하였다.

삼성그룹의 창업자 호암(湖巖) 이병철(李秉喆) 회장은 생전
에 연말이면 일본 동경 서점으로 갔다. 회장님은 독서광이다.
그는 기업경영에 관한 책과 하이테크에 관한 책을 구입하여
읽었다. 이른바 동경 구상이라 하여 새로운 아이디어와 선진
외국의 기업 정보를 획득하여 오늘날의 삼성그룹과 삼성반
도체, 삼성전자를 만들게 된 것이라 생각한다.

세계 최고 부자인 빌 게이츠(Bill Gates) 회장은 "오늘날 내가
이렇게 된 것은 우리 마을 도서관이었다"라고 하였다. 그는
자기 마을의 자그마한 도서관에서 책을 읽으면서 꿈을 키워

오늘날 훌륭한 기업가가 된 것이다. 세계최고의 재산가이기도 하고 많은 불우한 이웃을 돕는 자선 사업가이기도 하다. 그는 "하버드 대학 졸업장보다 독서하는 습관이 더 중요하다"고도 하였다. 컴퓨터와 독서에 빠진 그는 하버드 대학을 중퇴하고 컴퓨터 프로그램 연구에 몰두하였다. 그가 세계 최고의 부자가 되고, 지식기반 사회의 영웅이 된 것은 우연이 아니라 독서의 산물이라 할 수 있다.

빌 클린턴(Bill Clinton) 전 미국 대통령은 "책이 자신의 인생에 미친 영향은 지대하다"며 대통령 재임 시절에는 연간 60~100권, 대통령 퇴임 이후엔 연간 200~300권의 책을 읽었다고 밝혔다.

싱가포르의 리콴유(李光耀/Lee Kuan Yew) 전 수상은 청년시절 부두에 나가 새로 수입되는 신간 서적을 기다릴 정도로 독서광이었다고 한다. 그는 매일 래플스(Raffles) 도서관에서 밤을 새울 정도로 새로운 정보에 탐닉했다고 하니 오늘의 싱가포르는 독서의 결과인 셈이다.

나폴레옹(Napoléon)은 52년 동안 8천 권의 책을 읽었다고 한다. 그가 섭렵한 책의 범위는 역사, 지리, 여행기, 시, 희곡, 미술, 과학, 종교 등 동서고금을 총망라한 것이었다. 그가 이집트 원정을 떠날 때 1,000권의 책을 배에 실었다고 하니 그의 독서습관을 짐작할 만하다. 그는 성서를 "단순한 책이 아니라 반대하는 모든 것을 정복하는 능력이 있는 생명체"라고 말하였다고 한다.

미국 토크쇼 진행자로 세계에서 가장 영향력 있는 여성인 오프라 윈프리(Oprah Winfrey)는 "독서가 내 인생을 바꿨다"고 거침없이 말한다. 어린 시절 자신의 삶을 바로 세우기 위해 얼마나 독서에 매진했든지 그녀의 전기 작가는 "오프라는 도서관 카드를 소유하는 것을 마치 미국 시민권을 얻는 것처럼 생각했다"고 기록하였다.

설교의 제왕으로 불리는 영국의 찰스 하돈 스펄전(Charles Haddon Spurgeon) 목사의 서재에는 3만 권의 책이 있었다고 한다. 그의 감동적인 설교는 성경과 책의 합작품이었다. 그는 『천로역정』을 100번이나 읽었다. 그는 독서법을 "철저하게 읽어라. 몸에 흠뻑 밸 때까지 그 안에서 찾아라. 읽고 또 읽고 되씹어서 소화해 버려라. 바로 여러분의 살이 되고 피가 되게 하라. 좋은 책은 여러 번 독파하고 주를 달고 분석해 놓아라" 하고 소개하였다.

인류에 빛을 남긴 위대한 인물들은 다 독서광들이었다. '왔노라, 보았노라, 이겼노라'로 유명한 줄리어스 시저의 탁월한 문장력과 뛰어난 전략은 독서의 산물이었다. 에디슨의 발명품들도 실험의 결과만은 아니다. 오히려 시립도서관에서 살다시피 했던 그의 경력의 산물이었다. 베토벤이 청각장애를 극복하고 더 깊고 넓은 음악세계를 구축할 수 있었던 것은 책의 힘이었다.

21

4. 책을 읽으면 창의력이 길러진다

창의성(創意性)은 무엇을 말할까? 정확하게 정의하기가 어렵다. 창의성은 유창성, 독창성, 민감성, 개방성의 요인과 사실적 · 논리적 · 비판적인 사고력을 포함하는 특성을 갖고 있다.

창의력(創意力)이란 '새로운 것을 만들어 내거나 발견해 내는 능력'이다. 창의력은 어떤 문제에 대한 새로운 해결안, 새로운 방법이나 고안, 새로운 예술적 대상이나 형태 등으로 구체화 되는 것이다.

길포드(Guilford)*에 의하면 인간의 사고 능력에는 수렴적 사고능력과 확산적 사고능력이 있다. 수렴적 사고란, 어떤 주어진 문제에서 비교적 일정한 규칙을 활용하여 정답에 도달하는 사고 과정을 의미한다. 반면에 확산적 사고란, 주어진 문제에 대하여 다양한 방법을 적용하고, 정해진 정답을 발견하는 것보다는 여러 가지 가능성을 실험해 보는 사고 유형을 의미한다. 창의력은 수렴적 사고보다는 확산적 사고와 더 관계가 깊다.

창의력이 높은 사람의 사고방식에는 세 가지 특징이 있다. 첫째, 사고의 유연성, 둘째, 사고의 독창성, 셋째, 사고의 유창성이다. 이는 짧은 시간에 여러 가지 많은 아이디어를 생각해 내는 것을 말한다. 진정한 의미에서 창의성이 높다는 것은 이 세 가지 특징을 고루 갖추고 있음을 뜻한다. 창의력은 자유로운 생각과 행동을 장려하는 교육을 통하여 길러진다.

우리 아이를 다양한 요인을 두루 갖춘 창의성이 뛰어난 아이로 키우기 위해서는 다양한 교육경험이 필요하다. 창의성을 길러주는 교육경험은 어떻게 이루어질까? 무엇보다 직접적인 체험이 중요하다. 그러나 모든 것을 직접 체험하기는 불가능하므로 간접 경험인 독서가 필요한 것이다.

애니메이션(Animation)*의 천국이라고 하는 일본의 도에이사(東映社)는 '디지몬 어드벤쳐'라는 애니메이션을 만들었다. 그 유명한 캐릭터(character)는 어디서 나온 것일까? 스탭들은 어린 시절 책에서 읽은 내용과 지금 읽고 있는 책에서 얻은 아이디어를 바탕으로 그렸다고 말한다. 파리의 디자이너들 또한 다양한 종류의 책을 읽고 또한 후배들에게도 많은 책을 읽어 영감을 얻으라고 권하고 있다.

23

헐리우드(Hollywood)에서 활약하고 있는 '타이타닉(Titanic)'을 제작한 제임스 캐머런(James Cameron)과 '쥬라기 공원(Jurassic Park)'을 제작한 스티븐 스필버그(Steven Spielberg) 감독의 말을 들어보면 "자신들의 상상력은 여러 세기에 걸쳐 축적되고 써진 고전과 어렸을 때 읽었던 동화에서 나온다"고 말하고 있다.

또한 자신이 어렸을 때 상상으로만 생각했던 것을 이렇게 나타내는 데에 기쁨을 느낀다고 한다. 헐리우드를 움직이는 동력은 책을 읽는 것. 즉 책을 읽는 사람들이 있어 헐리우드가 성장해 가고 또한 '독서는 모든 것의 시작'이라고 하면서 책 읽기의 중요성을 역설하고 있다.

인터넷이 21세기 정보사회를 이끌어 간다해도 그것을 움직이는 주체는 사람이다. 즉 첨단기술을 개발하는 아이디어는 인간의 두뇌에서 나오는 것이다. 그러므로 결국 디지털 세계에서도 핵심은 창의력이다. 창의력의 기반에는 지적인 체험이 필요하고, 그 지적인 체험을 쌓는 지름길이 바로 '독서'인 것이다. 독서는 사고력을 신장시킨다. 독서를 통하여 조용하고 내면적인 사고를 할 수 있다. 그러므로 독서는 중요하다.

* **길포드(Guilford):** 미국의 심리학자, 교수
* **애니메이션(Animation)/만화영화(漫畵映畵)/그림영화:** 여러 장의 화면을 연속 촬영, 조작하여 움직이도록 보이게 만든 영화의 일종이다.

5. 책을 읽으면 공부 잘한다

한국교육개발원(KEDI)에서 연구한 결과 고등학교 1, 2학년 중에서 성적이 상위 10% 이내에 들어가는 학생들의 특징을 다섯 가지로 분류하였다.

이 연구서를 보면 ① 어려서부터 독서를 좋아했다. ② 공부는 스스로 자기 주도적으로 했다. ③ 학원보다는 도서관이나 집에서 혼자 조용히 공부했다. ④ 공부하는 것이 매우 즐겁다. ⑤ 문학작품 읽기와 신문 읽기를 즐긴다고 강조하고 있다. 이 결과를 분석하여 보면 대부분이 '독서와 관련된 특징이 있다.'는 점이다.

독서는 중요하다. IQ*와 EQ*가 높아진다. 독서가 중요한 이유는 독서와 학력의 관계 때문이다. 독서 능력과 학업 성취는 어떤 관계가 있을까? 이영석 교수*의 연구에 의하면 '빠르고 정확한 독서 능력을 갖춘 학생은 많은 양의 정보나 지식을 보다 효과적으로 획득하고 있고, 반대로 독서 능력이 부족하거나 결여된 학생은 글을 읽는 속도, 어휘력이 부족하기 때문에 전부 읽었다하더라도 그 내용을 정확히 파악하지 못하는 경우를 많이 볼 수 있다'고 하였다.

위티(P. A. Witty)와 코펠(D. Kopel)은 독서 능력과 지능과의 관계를 "지능과 독서 능력과의 관계는 정비례한다"고 하였다. 개인의 지적 행동의 기준은 사회적인 가치와 활동 가운데 나타나며, 독서 능력의 습득을 중시하고 이것을 지능이라 하는 개념 가운데 포함시키고 있다. 그러므로 독서는 지적 행동의 하나의 형태라 할 수 있으므로 정확한 독서 테스트는 적당한 지능테스트와 밀접한 일치를 나타낸다고 할 수 있다. 또한 게이츠(A. I. Gates)도 "읽기의 성공과 지능지수 사이에는 아주 높은 상관관계가 있다"고 지적하고 있다. 이처럼 독서능력의 발달과 지능적 요인과는 밀접한 관계가 있는 것이다.

서양의 학자에 의하면 학습부진의 20% 정도는 독서력 문제에서 기인한다고 주장하였다. 여러 학자들의 연구를 종합하면 학업성취와 성격발달에 독서가 많은 영향을 준다는 사실이다. 수학 영재도 책 읽는 습관을 통해 길러진다는 연구 결과가 있다. 또한 수학 영재인 어느 대학생은 1년 동안 연극 144편을 보고, 희곡 100여 편을 읽었다고 한다. 그 결과 동아일보 신춘문예 희곡부문에 최연소로 당선된 바가 있다.

* IQ(Intelligence quotient): 지능검사의 결과로 얻은 수치로 지능의 발달 정도를 표시한 것 지능지수를 말한다. 지능검사의 결과로 얻은 정신연령을 실제 연령으로 나눈 다음 100을 곱한 수로, 지능의 발달 정도를 조사하여 표시하는 데 이용된다.
* EQ(Emotional quotient): 사람의 감성(感性, 人間性)이 얼마나 성숙되어 있는가를 측정한 지수이다. 감성지수 또는 감정적 지능지수라고도 한다. 마음의 지능지수라고 할 수 있다.
* 이영석(李榮碩): 성균관대학교 아동학과 교수

6. 책이 사람을 만든다

책이란 사람의 사상과 감정을 그림이나 글자로 종이에 쓰거나 인쇄하여 꿰맨 것이다. 책은 인간이 만들어 낸 가장 값지고 귀한 선물 중의 하나이다.

동서고금의 역사와 문화, 철학이 숨 쉬고 있다. 인간이 인간답게 살아가는 삶의 진실 된 모습이 담겨져 있다. 바르고 꿋꿋하게 살아온 과거의 역사와 조상의 슬기가 우리를 감동시킨다. 과거뿐만 아니라 밝은 미래를 열어가는 지혜를 주기도 한다.

정보사회에 능동적으로 살아가기 위하여 우리는 책과 더불어 살아야 한다. '책 속에 있는 길 읽으면 나의 길'이란 표어는 '책 속에서 밝혀주는 삶의 바른 길을 배우고 익히자'라는 명언이다. 좋은 책은 생활의 지혜를 주기 때문에 우리에게 중요한 것이다.

사람이 책을 만들고 책이 사람을 만든다는 말처럼 책은 평생을 함께 해야 할 벗이면서 스승이다. "사람은 책을 만들고 책은 사람을 만든다." 이 말은 교보문고의 창립자 대산 신용호(大山 愼鏞虎)* 회장의 말이다.

데카르트(René Descartes)*는 "좋은 책을 읽는 것은 과거의 가장 뛰어난 사람들과 대화를 나누는 것과 같다"고 말하였다. 이는 많은 책을 읽고 내용을 음미하여 새겨, 경험자의 체험과 기록을 직간접 경험을 통해 내 것으로 소화해 낼 때 훌륭한 사

27

람이 될 수 있다는 뜻이다.

좋은 책을 골라 독서에 열중하게 되면 성격이 차분해질 뿐만 아니라, 책 속에서 배울 점을 찾아 느끼고 동화되어, 바른 심성이 길러지고, 독서하는 습관도 자연스럽게 몸에 배게 될 것이다. 책을 가까이 하는 분위기가 조성되어 충분한 독서시간이 확보된다면, 정서적으로 풍요롭게 되고, 흥미 위주인 오락이나 컴퓨터 게임 등에 덜 탐닉하게 될 것이다.

독서는 유익한 지식과 정보를 얻어 이를 종합하고 가공하는 능력을 길러 준다. 독서교육은 21세기 지식 기반 사회, 경쟁과 협력의 세계화 시대를 이끌어갈 신지식인을 육성하는 데 필수적인 교육이다.

학교에서의 독서교육은 교과교육은 물론 특기·적성 교육과 연계되어 이루어져야 한다. 또한 모든 교과에 걸쳐 자기주도적 학습능력 신장, 교과학습의 내실, 계획적인 독서 교육 프로그램을 통해 인성을 함양하고 사고력과 창의력을 기르며 올바른 가치관을 함양하도록 해야 한다.

독서교육은 21세기 지식 기반 사회가 요구하는 인성과 창의성을 지닌 신지식인을 육성하기 위한 '교육비전 2002: 새 학교문화 창조'계획이 지향하는 기본 정신을 구현할 수 있는 중요한 교육 활동이라 할 수 있다.

독서는 EQ(감성지수)를 높이는 데에 매우 효과적인 방법이다. 책은 저자나 주인공이 되는 간접경험의 보고이다. 어린 시절에 좋은 책을 많이 읽었다는 것은 인류의 스승들을 자신의 스승으로 모신 것과 같으며, 이미 어린 시절에 절반의 성공을 거둔 것과 다름없다고 말할 수 있다. 또한 독서는 인간의 내적 가치관을 결정하는 큰 길이다. 독서는 지식의 보고이다.

독서는 수양의 비결이다. 인간의 정신세계는 지적 충족만으로는 살찔 수가 없다. 반드시 덕성의 함양이 있어야 한다. 덕성을 갖추지 못한 지식은 인류 사회의 독소가 되는 것이다. 그러므로 건전한 철학을 지닌 윤리의 근본은 독서를 통해서 취하는 것이 기본 양식이다.

독서는 취미의 화원이다. 즐거움이 없는 인간은 오아시스가 없는 사막과 같다고 할 수 있다. 그러므로 즐거움을 가질 수 있는 것은 건전한 삶을 영위하는 지름길이다.

독서는 성공의 첩경이다. 인간의 성공은 근면, 인내, 노력이 필수 조건이지만, 전문적 지식과 기술의 연마 없이는 성공을 기약할 수 없는 것이다. 모든 업무에 종사하는 사람은 쉬지 않고 새로운 지식과 정보를 얻어서 창의성을 발휘해야 그 개인이나 기업이 성장 발전할 것이다.

---

* 대산 신용호(大山 愼鏞虎): 교보생명, 교보문고 창업자
* 데카르트(René Descartes): 우리에게 "나는 생각한다, 고로 나는 존재한다"(Cogito ergo sum)는 철학 명제로 잘 알려진 근대 철학자이다.

7. 책을 읽으면 영재된다

'나는 영재(英才)이자 수재(秀才)다. 꿈을 가진 영재이다. 난 할 수 있다. 난 남보다 뛰어 나다. 난 자신이 있다. 그리고 천재가 될 것이다. 독서하면 영재가 될 수 있다.' 이렇게 자신감을 갖는 것이 성공의 지름길이다.

흔히 사람들은 영재와 천재(天才), 그리고 수재의 차이점을 잘 인식하지 못하고 있다. 나의 견해로는 영재와 천재는 대부분 유전적이며 선천적인 재능을 타고나는 경우라고 생각한다. 영재성을 타고난 아이는 가능성의 덩어리다. 이 가능성이 후천적인 적절한 자극을 받아서 타고난 잠재력을 최대한 발휘했을 때 그 아이는 최고의 전문가가 된다.

수학이나 물리, 언어, 예체능 분야 등에서 역사적으로 괄목할 만한 성취를 이루는 경우가 있다. 이때 우리는 '천재적인' 이라는 수식어를 붙인다. 즉 영재와 천재의 차이점은 영재는 가능성을 일컫는 것이고, 천재는 영재성의 결과물이라고 볼 수 있다.

수재는 어떻게 다를까? 수재는 후천적인 요소가 더 강한 경우다.

즉 타고난 영재성은 별로 없는데, 노력에 의해서 탁월하게 공부를 잘하는 아이를 수재라고 부른다. 또 하나의 차이점은 영재나 천재는 자기만의 세계가 뚜렷하고 창의력이 뛰어난 반면, 수재는 외부에서 가르쳐주는 것을 받아들이는 능력이 뛰어난 경우를 말한다.

흔히 부모들이 수재와 영재를 구별하지 못하는 경우가 있다. 독서를 통하여 공부를 잘하는 아이들은 수재일 가능성이 더 크다. 영재의 개념이 달라지고 있다. 이전까지만 해도 영재는 '지능'만 보았다. 지능지수가 전체의 3~5%에 들면 '영재'라고 판정을 했다. 그러나 최근에는 영재의 개념을 지능 위주로 평가하던 단일 차원에서, 여러 가지 능력을 보는 다원적인 차원으로 바뀌고 있다. 지능과는 상관없이 어느 한 분야에서 평범한 아이들이 나타낼 수 없는 탁월한 기량을 발휘하면 그 아이는 영재라고 볼 수 있다.

즉 미술이나 음악에 비범한 재주를 보인다면 그 아이는 미술 영재, 또는 음악 영재라고 불린다. 수학이나 과학도 마찬가지다. 이런 아이들은 어느 한 분야에서는 영재라는 소리를 듣지만 다른 분야에서는 '바보'라는 소리를 들을 수도 있다. 즉 수학 영재이기는 하지만 국어 쪽에서는 아무것도 알지 못하고 알려고 하지도 않는 경우가 많다.

그래서 예전에는 포괄적으로 뛰어난 아이들을 가리켜 '영재'라고 불렀지만, 요즘에는 '수학 영재' '음악 영재' 등 영재를 전문 분야를 나누어서 분류하고 있다.

실제로 '미술 영재아의 경우는 대부분 지능지수가 79~133이고, 평균 지능지수는 107에 불과하다'는 연구가 있다. 음악 영재아의 경우 지능지수는 95~139이고, 평균이 121이라고 한다. 예전 같으면 지능지수가 낮다고 해서 이 아이들을 영재라고 부르지 않았을 것이다. 그러나 요즘에는 이런 아이들을 한 분야에서의 영재라고 판정을 한다.

예전엔 영재의 정의가 IQ지수로만 내려졌었는데, 그에 비하면 요즘 아이들은 훨씬 더 영재가 될 가능성이 높아졌다. 다양한 기준과 정의로 영재 개념이 바뀌고 있으니까. 이런 개념의 변화가 우리 아이들은 공부에만 매달리지 않게 해주는 변화의 축이 되어줬으면 하는 바람이지만 그러기 위해서는 부모들의 열린 마음이 가장 필요하다.

책 읽기를 통해 자녀를 영재로 키울 수 있다. 자녀의 발달 수준에 따라 읽기 프로그램을 적용하여 뛰어난 자녀로 교육할 수 있다. 일괄적인 독서교육 프로그램에 아이를 억지로 끼워 맞추는 것이 아니라, 각 자녀의 수준과 흥미에 맞는 맞춤 프로그램이 필요하다. 책을 읽으면 영재가 될 수 있다.

8. 책 읽는 교사가 아름답다

오늘날 책은 p-book에서 e-book, m-book, u-book으로 변화되고 있다. 지식사회에서 책은 보존이나 장식, 전시를 위해 존재하는 것이 아니라, 이용되기 위해서 있는 것이다. 어떤 특정한 사람을 위해 있는 것이 아니라, 그것을 필요로 하는 사람들을 위해서 존재하는 것이다.

21세기 교육은 ① 알기 위한 학습(Learning to Know), ② 행하기 위한 학습(Learning to do), ③ 존재하기 위한 학습(Learning to be), ④ 함께 살기 위한 학습(Learning to live together)이 중요하다. 교사는 이러한 학습방법을 알아야 한다. 이러한 학습방법을 익히려면 독서를 통한 자기교육(Self Education)이 필요하다.

교사의 자기교육 방법 중에서 독서가 가장 효율적이다. '요즘 어머니는 아버지 역할도 하는데, 아버지는 어머니 역할을 못해서 문제'이다. 요즘 대학생이 보는 우리 시대 아버지상은 '퓨전형(fusion style)'이다. 우리가 원하는 부모의 모습은 '퓨전'이라고 강조한다. 요즈음 학생들도 퓨전 선생님을 원한다.

다시 말하면 선생님과 아버지나 어머니, 형님, 누나 역할을 해 주기를 바라는 것이다. 그러므로 지식사회에서 교사는 퓨전교사가 되어야 한다. 더군다나 앞으로 교사를 평가한다니 이래저래 교육자는 어렵고 피곤하다. 그러나 우리는 자기교육 해야 한다. 교사가 자기교육 하는 방법으로, 독서의 중요성이 부각되고 있다. 존경받는 교사상은 무엇일까? 어떤 책을 읽어야 하나?

학생들은 자기들을 이해하는 교사를 좋아한다. 학생들을 이해하는 교사가 잘 가르칠 수 있다. 학생들의 발달과정을 이해하고, 그들의 신체적 · 지적 · 정서적 · 사회적 특성과 욕구와 필요를 이해해야만 한다. 또한 학생의 개인적인 갈등과 고민을 알고, 공감하며, 그들을 도울 수 있어야 한다. '위'가 아니라 '아래'에, '교사의 입장'이 아니라 '학생의 입장'에 서는 것이 이해(understanding)하는 것이다.

학생들을 사랑(Love)하는 교사를 좋아한다. 학생들은 많은 교사나 부모들로부터 사랑과 관심을 요구한다. 청소년기는 스탠리 홀(Stanley Hall)의 표현대로 '질풍노도의 시기'이다. 청소년기는 감정의 변화가 심하다. 자기 자녀와 같이 학생들을 사랑해야 한다.

학생들을 격려(Encouragement)하고 칭찬(praise)하는 교사를 좋아한다. 교사의 격려와 칭찬으로 학생들은 학습에 자신을 얻으며, 자신감 넘치는 사람이 된다. 칭찬은 우리를 행복으로 이끄는 안내자이다. 우리 모두 칭찬하자. 칭찬은 모든 것을 새롭게 하고, 세상을 긍정적으로 보게 하며, 칭찬은 모든 것을 가능케 하며, 칭찬은 모두에게 행복을 안겨준다. '칭찬은 고래도 춤추게 한다'는 말이 있는 것처럼 칭찬은 아이뿐만 아니라 어른에게도 '귀로 듣는 보약'과도 같다.

스스로 모범(Modeling)을 보이는 교사를 좋아한다. 학생들은 교실에서 듣고 배우지만, 그보다도 그들에게 더 큰 영향을 끼치는 것은 교사를 보고 배우는 것이다.

모범적인 교사는 본이 되는 교사이다. 교사의 말과 행동은 학생들에게 바로 전달된다. 그리고 오래오래 기억된다.

학교도서관에 오셔서 책을 읽으시는 선생님, 운동장에서 축구를 같이 했던 선생님이 지금도 기억이 난다. 존경받는 선생님은 매사에 학생과 같이 놀아주고 같이 뛰며, 스스로 모범을 보이는 선생님이다.

잘 가르치는(Effective teaching) 교사를 좋아한다. 준비(연구)를 많이 하는 교사, 재미있게 수업하는 교사, 적절한 교육매체를 사용하는 교사, 쉽게 가르치는 교사, 학생 중심으로 수업을 전개하는 교사, 시범을 잘 보이는 교사, 정성으로 가르치는 교사가 잘 가르치는 교사이다.

교사는 책을 읽어야 한다. 학생들에겐 책 읽기를 강조하면서 선생님은 책을 읽지 않으면 학생들과 소통할 수 없다. 초등학교 교사는 동화와 동시를 읽어야 한다. 심지어는 초등학생들이 즐겨 읽는 만화도 읽어야 할 것이다. 초등학생들의 눈높이에 맞는 책을 읽어야 학생들과 대화를 할 수 있고 소통하며 지도할 수 있을 것이다.

중학교 교사는 중학생 눈높이에 맞는 책을, 고등학교 교사면 고등학생 눈높이에 맞는 책을 읽어야 한다. 그래야만 독서에 모범이 되면서, 소통하며 진로지도와 함께 학생을 지도할 수 있을 것이다. 교사는 책을 읽고 수업시간에 읽고 있는 책을 소개하는 것이 좋다. 핵심이 되는 내용, 교훈이 되는 내용, 시사적인 정보이야기를 하면 재미있는 수업을 전개해 나갈 수 있다.

교사는 어떤 책을 읽어야 할까? 최근에 많이 읽히고 있는 베스트셀러를 중심으로 교육에 관한 책을 읽자. 건강에 관한 책을 읽자. 처세술에 관한 책을 읽자. 財-Tech에 관한 책을 읽자. 아동에 관한 책을 읽자. 학생들의 눈높이에 맞는 책을 읽자.

책 읽는 선생님의 모습은 아름답다.

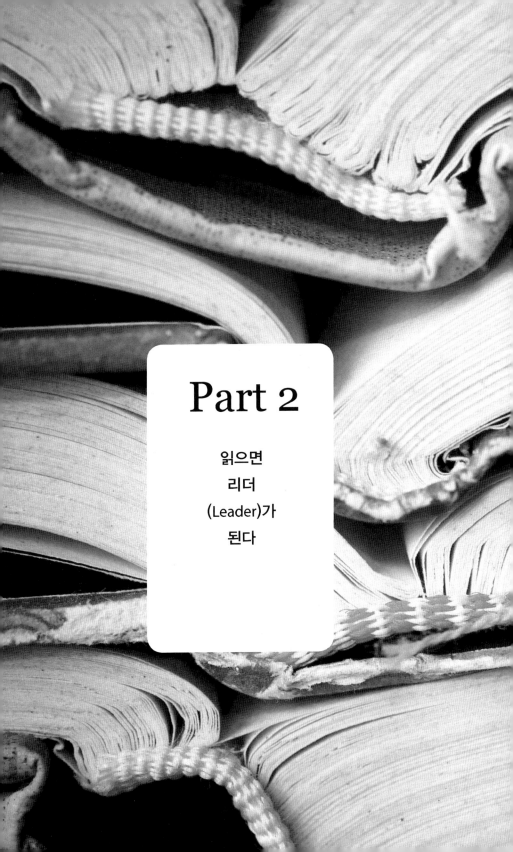

Part 2

읽으면
리더
(Leader)가
된다

읽으면 리더(Leader)가 된다

훌륭하게 된 사람은 '어려서부터 책을 많이 읽었다'고 한다.

프랑스 에스모드(ESMOD) 대학 디자인 전공 아르메 크로디히 교수는 학생들에게 패션에 대해서 가르친다. 그는 강의하는 시간을 빼고 나머지는 주로 철학, 예술, 디자인, 역사 등 여러 분야의 책을 읽는다고 했다.

헐리우드의 경쟁력은 책에서 비롯되었다. 타이타닉, 터미네이터 3(Terminator 3)을 감독한 제임스 캐머런(James Cameron)은 "상상력의 원천은 어릴 때 읽은 책이며, 수세기 동안 축적된 고전에서 얻은 영감으로 영화를 만들게 되었다"고 했다. "책이 없으면 아무것도 할 수 없다. 될 수 있으면 책을 읽어야 한다. 무조건 읽어야 한다"라고 레니 할

린 감독은 말했다. 또한 지성파 여배우 제이미 리 커티스는
"독서는 모든 것의 시작"이라고 말했다.

독서로 성공한 사람은 많다. 동양에도, 서양에도, 우리나
라에도 있다.

책을 읽고 세상을 만든 세종대왕, 책에서 책을 사랑하는
법을 배운 이 황, 책에서 아름다운 어머니상을 배운 신사임
당, 책에서 실용의 길을 찾은 박지원, 책만 읽는 바보 이덕
무, 효성이 지극한 책벌레 이이, 독서로 신분의 한계를 뛰
어넘은 박제가, 책을 읽고, 생각하고, 실천한 안창호, 조선
조 최고의 장서가 최한기 등이다.

이와 같이 성공한 지도자들은 모두 책을 읽었다. Reader
가 Leader가 된다.

독서는 성공의 초석이다.

1. 백독백습 세종대왕

세종대왕은 태종의 셋째 아들로 조선 제4대 왕이다. 이름은 도(祹)이며 자는 원정(元正)이다. 시호는 장헌(莊憲)이며 능은 영릉(英陵)이다. 세종대왕은 우리 역사에서뿐 아니라, 세계 인류 역사에도 드물게 보는 위인이다. 천성이 어질고 부지런 하였다. 학문을 좋아하고 취미와 재능이 여러 방면에 통하지 않음이 없었다. 서화에도 뛰어났다. 정사를 보살피면서 독서와 사색에도 쉬지 않았다. 의지가 굳어서 옳다고 생각한 일은 어떠한 반대가 있더라도 기어코 실행하였다. 널리 국민을 사랑하고, 국민의 어려운 생활에 깊은 관심을 가져, 국민을 본위로 한 왕도 정치를 베풀었다.

세종대왕 시대는 가장 훌륭한 정치, 찬란한 문화를 이룩된 시대로 정치, 경제, 사회, 문화 등 전반적인 기틀을 잡은 시기였다. 집현전을 통하여 많은 인재를 길렀고, 유교 정치의 기반이 되는 의례, 제도를 정비하였다.

세종대왕은 이조 오백년을 통틀어 가장 훌륭한 임금으로 일컬어지고 있다. 그 스스로 뛰어난 발명가이자 모범적인 독서가였다. 측우기를 발명한 것이나 이천, 장영실 같은 학자들로 하여금 해시계, 물시계, 혼천의 등을 개발하게 하는 한편 정음청을 두어 훈민정음을 창제한 것이나 집현전을 열어 독서와 학문을 장려한 사례 등은 재임 당시 '지식정보왕국'을 건설했다 해도 과언이 아니다. 이 모두가 남다른 학구열과 탐구

41

심에 바탕을 둔 지도자로서의 사명감과 리더십이 없었다면 불가능한 업적이라 하겠다.

오늘날 우리 경영자들이 앞장서 이끌고 있는 '독서경영'의 취지 또한 조선시대 이래 계속된 사가독서(賜暇讀書)의 그것과 궤를 같이 하고 있다 할 수 있다.

세종은 '글을 읽는 것은 임금에게 유익하나 글씨를 쓰고 글 짓는 것은 유의할 필요가 없다(讀書有益 如寫字製作 人君不必留意也)'고 할 정도로 독서를 중요하게 생각하였다. 세종은 글을 읽는 데 열중했다. 한 책을 반드시 백번 읽었다 하니 이른바 백독주의(百讀主義)였다. 그러나 『좌전(左傳)』*이나 『초사(楚詞)』* 같은 책에 이르러서는 백 번에 백 번을 더해 이백독을 했다고 한다. 세종이 어려서 몸이 불편한데도 글 읽기를 멈추지 않아 병이 점점 심해지자 태종은 내시에게 세종의 거처에 있는 책을 모조리 거두어들이라고 명했다. 그때 내시는 병풍 뒤에 『구소수간(歐蘇手簡)』*이란 책 한 권이 남아 있는 것을 모르고 물러났다. 그래서 세종은 남은 이 책 한 권을 몰래 천백번을 읽었다는 것이다.

세종은 어릴 때부터 책에 관심이 많았다고 한다. 어린 시절 독서방법은 백독백습(百讀百習)이었다. 즉 '100번 읽고 100번 쓴다'는 뜻이다. 아버지 태종은 독서를 좋아하는 것을 보고 재능을 인정하여 많은 책을 선물하고 읽게 하였다. 태종이 준 책은 『사서삼경(四書三經)』을 비롯하여 역사, 정치, 법, 음악, 과학 등 다양한 책이었다.

태종은 가끔 세종에게 시험 삼아 질문을 하였는데 언제나 능숙하게 대답하여 놀라움을 금치 못하였다고 한다. 세종의 독서방법은 책 속에 있는 지식을 완전히 습득하기 위한 방법이다. 세종은 어릴 때부터 책을 가까이 하고 독서를 통하여 성군의 길을 닦은 것이다.

세종은 집현전 소속의 젊은 문신들에게 휴가를 주어 집에서 독서에 몰두할 수 있도록 했는데, 이를 사가독서제(賜暇讀書制)라 한다. 즉 인재를 육성하고 문풍을 일으킬 목적으로 양반관료 지식인 가운데 총명하고 젊은 문신들을 뽑아 여가를 주고, 국비를 주어 독서에 전념케 하는 시스템이다. 즉 일종의 '장기독서휴가제'라 할 수 있다.

세종은 배우고 연구하는 경영자였다. 삶이 배우고 연구하는 과정에서 시작해서 배우고 연구하는 과정에서 끝나는 것이라는 인식을 그는 철저히 했다고 볼 수 있다.

세종의 학구열은 그에게 부여된 국가경영에 대한 인식과 더불어 독보적인 경영 철학으로 자연스럽게 연결되었다. 그러한 연구와 학습을 통해 세종이 추진한 각종 사업들은 최적의 상태를 유지할 수 있었다.

배움에 임해 그는 "무엇보다도 독서하는 것이 제일 유익하다"고 생각했다. 이러한 그의 배움의 자세는 자신은 물론 신하들이 지켜야 할 원칙으로 자리 잡았다. 그는 신하들에게 어떤 일을 시키거나, 어떤 기분이 들게 하려면, 스스로 그러해야 한다는 것을 잘 알고 있었다. 지속적으로 공부하고 연구하며,

현장을 점검한 이유도 바로 이 때문이다.

'항상 배우라. 항시 손을 놓고 있지 말라.' 세종대왕이 궁중에 있으면서 "손을 거두고 한가히 있을 때가 없었다"는 말은 바로 세종대왕 스스로 끊임없는 노력을 통해 그 자신이 경영의 고수(高手)가 되고자 했다는 것을 의미한다. CEO로서 자기 임무를 알고 한 치의 '해이함'도 없이 부단하게 노력했다. 그는 정말로 부지런했고, 매사에 열심이었다. 오죽했으면 『실록』도 이렇게 전할 정도이겠는가!

"임금으로 즉위해서는, 이른 새벽에 옷을 입고 날이 밝으면 조회*를 받고, 다음에 정사를 살피고, 그다음에 윤대*하고, 그다음에 경연*에 나갔는데, 일찍부터 조금도 해이감이 없었다."

'부지런하라. 그것이 시간 관리에 성공하는 길이다.' 세종이 이렇게 하루 일과를 시작하는 시간이라면, 아마 새벽 5시경부터일 것이다. 더구나 한밤중까지 책을 보며 정사에 몰두했으니, 그의 노력이 어느 정도였는지는 가히 짐작하고도 남는다.

세종대왕은 지나친 독서로 눈병이 난 와중에도 독서를 끊지 못했다.

조선시대에 문화의 꽃을 피운 임금 중의 한 분이신 세종대왕은 일생동안 독서문화에 다음과 같은 많은 업적을 남겼다.

첫째, 어릴 때부터 책을 읽어 백독백습이라는 독서방법을 활용하였다.

둘째, 집현전을 설립하여 학문과 정치적 자문에 응하게 하였다.

셋째, 집현전 소속의 젊은 문신들에게 휴가를 주어 독서할 수 있도록 사가독서제를 실행하였다.

넷째, 책을 사랑하고 독서를 중요하게 여겨 민족문화의 걸작인 한글을 창제하였다.

다섯째, '인쇄활자'를 개발하여 많은 서적을 편찬하고 배포하였다.

세종대왕은 "국가가 부강해지기 위해서는 많은 백성들이 책을 읽어야 한다." 그리고 "정치를 잘 하려면 널리 책을 읽어 이치를 깨닫고 마음을 바로 잡아야 한다"고 하였다. 세종의 독서방법은 백독백습이다. 100번 읽고 100번 쓰는 것이다.

45

* **좌전(左傳):** 중국 공자의 『춘추(春秋)』를 노(魯)나라 좌구명(左丘明)이 해석한 책
* **초사(楚辭):** 중국 초(楚)나라의 굴원(屈原)과 그 말류(末流)의 사(辭)를 모은 책
* **구소수간(歐蘇手簡):** 중국 송나라 때 유명한 문장가인 '구양수'와 '소식'이라는 사람이 주고받은 편지글의 모음 책
* **조회(朝會):** 모든 벼슬아치가 함께 정전에 모여 임금에게 문안드리고 정사를 아뢰던 일
* **윤대(輪對):** 조선 시대 문무 관원이 윤번으로 궁중에 들어가서 임금의 질문에 응대하기도 하고, 또 정사의 득실을 아뢰기도 하는 일
* **경연(經筵):** 임금에게 유학의 경서를 강론하는 일

2. 산사독서 성종

성종(1457~94)은 조선 제9대 임금이다. 세조의 손자로 큰 아들인 의경세자와 소혜왕후(昭惠王后)의 둘째 아들로 태어나 11세에 한명회의 둘째 딸과 혼인하였으며, 숙부인 예종이 왕으로 등극한 후 14개월 만에 붕어하자 1469년 11월에 임금이 되었다.

성종은 1470년부터 1494년까지 25년 동안 재위하면서 문화의 꽃을 피운 임금 중의 한 분이다. 또한 재위 시에 여러 업적을 남겨 왕조를 안정적 기반 위에 올려놓은 임금이었다. 그는 왕위 계승의 정상적인 서열에 있지 않은 상태에서 12세의 어린 나이로 갑작스럽게 즉위했지만, 세종을 빼면 그때까지 가장 오랜 기간인 25년 동안 재위하면서 성실하고 안정적으로 국정을 운영하였다.

경사(經史)에 밝고 성리학에 조예가 깊어 경연(經筵)*을 통해 학자들과 자주 토론을 하는 한편, 학문과 교육을 장려하였다.

1475년에는 성균관에 존경각(尊經閣)을 짓고 경적을 소장하게 했으며, 양현고(養賢庫)를 충실히 하여 학문 연구를 후원하였다. 그리고 1484년과 1489년 두 차례에 걸쳐 성균관과 향교에 학전(學田)과 서적을 나누어주어 관학(官學)을 진흥시켰다.

이 밖에 홍문관을 확충하고 용산두모포(龍山豆毛浦)에 독서당(讀書堂, 일명 湖堂)을 설치하여 젊은 관료들에게 휴가를 주고 독서제술(讀書製述)에 전념하게 하였다.

성종은 경연을 하루도 거르지 않은 성실한 수재였다. 성종은 학문에 대한 호기심이 남달리 왕성하고, 성품이 근면하고 성실하였다. 하루에 두 차례의 경연에다가 저녁 때 하는 석강*까지 세 번씩 공부를 하였다. 성종 2년 10월부터는 야대(夜對)*까지 자청하여 하루에 네 차례 공부를 하기도 하였다. 야대에서는 조선시대 국왕들의 행적만을 간추린 국조보감(國朝寶鑑)*을 강하였다. 또한 윤대(輪對)*라고 해서 승지와 사관이 각 한 명씩 참석하여 중앙 각 관서의 운영 실태와 문제점을 중심으로 토론하는 자리까지 있었다. 성종의 독서는 조강, 주강*, 석강, 야대 등 1일 4회로 보다 구체적인 독서가 이루어졌다.

성종 2년 대왕대비는 편전에서 책 읽기를 계속하는 성종이 대견스럽기도 하고, 걱정이 되어 피로함을 물었을 때, 성종은 '책 읽는 것이 좋아 피로한 줄 모른다고 대답하였다'라는 실록의 기록을 보면, 성종의 성실한 공부 태도를 짐작할 수 있는 것이다.

성종은 즉위 한 그해부터 하루에 3번씩 경연관*에게 경서를 강의하게 할 정도로 독서와 교육에 힘썼고, 2년에는 제왕명감, 후비명감을 편찬하였다. 6년에는 성균관에 존경각을 세우고 모든 서적을 소장하게 하였다. 성종은 성리학에 많은 관심을 가져 책을 편찬하고 도서관인 존경각을 설립하여 책을 읽을 수 있는 바탕을 마련하였다. 또한 20년에는 향학에 책이

47

부족하다고 하여 사서오경(四書五經)과 사서(史書)를 출판하여 각 도에 배포하였다. 성종은 이와 같이 재임 시에 존경각 건립, 서적 편찬, 사가독서제 등을 부활하여 독서에 힘썼다.

성종은 성리학에 많은 관심을 가져 인재 양성을 위해 성균관에 존경각을 세우고 많은 서적을 소장하게 하고, 학생들이 학문에 힘쓸 수 있도록 하였다. 세종 때 설립된 사부학당(四部學堂)인 어린이들이 글을 읽을 수 있는 사학(四學)과 종친들이 다니는 학교인 종학(宗學)을 활성화 하였다. 그러나 성종의 의도대로 유교 교육은 잘 이루어지지 않았다.

성종은 관리를 대상으로 독서를 장려하기 위하여 독서과목과 규칙을 정하고 결과에 따라 상을 주고, 독서모임에는 특별한 혜택을 주어 독서인의 권위를 높이기도 하였다. 다음은 성종 7년 6월에 발간된 성종실록 68권에 기록된 독서를 장려할 목적으로 만든 규칙이다.

- 읽은 경서와 역사책을 계절마다 마지막 달에 모두 써서 보고한다.
- 매월 세 번 글짓기를 하는데, 예문관 관원들이 월별 시험을 칠 때와 같이 글을 지어 등수를 정하여 장려상을 주는 것도 예문관 규례에 따라 시행한다.
- 설, 동지, 큰 경사가 있는 날, 큰 축하 행사가 있는 날을 제외하고, 일반적으로 전원이 모이는 데는 참석하지 않는다.

성종 때에는 사가독서로 재가독서 · 공가독서 · 산사독서가 실시되었으며, 특히 산사독서가 많이 이루어졌고, 후에는 독서당 건립도 추진하여 남호독서당을 낙성하였지만 승하로 활성화 되지는 못하였다.

성종은 각도의 관찰사에게 부탁하기를 "어른이나 아이나 할 것 없이 모두 소학(小學)을 배우게 하며, 젊은이는 글을 외우고 어른은 그 뜻을 밝게 깨닫게 하여 완전히 제 것으로 만든 다음에 사서(四書)를 공부하게 하는 것을 일상적인 규례로 삼으라"고 하였다.

또한 성종은 백성들에게 소학과 삼강행실을 읽도록 하였고, 강론과 암송을 시험하기도 하였으며, 관리 아닌 사람들에게 스승의 일을 담당할만한 사람을 교수와 훈도로 임명하여 지방 고을에까지 교육정책에 힘썼다.

성종은 독서를 통하여 모든 사람들에게 인간의 도리를 바로 알게 하였다. 그리고 성리학에 뜻을 두고 교육의 중요성을 강조하고, 인재 양성에 심혈을 기울였다. 이러한 이념으로 홍문관을 설립하고 세종 때부터 실시되어온 사가독서제도를 다시 부활하여 많은 인재를 선발하여 독서하도록 하였다. 독서의 장소로는 "친구의 왕래와 집으로 돌아가기가 잦아 독서에 전념할 수 없다"는 서거정의 건의를 받아들여 공가독서를 탈피하여 산사로 하였다.

당시 사가독서자로 선발된 사람들은 당대의 유명한 학자들이었으며, 다른 학자들의 부러움을 살 정도로 대우를 받기도 하였다. 사가독서자들은 인왕산 북쪽과 삼각산 서쪽 사이로 추정되는 사찰인 장의사에서 휴가를 즐기며 독서의 특혜를 누렸던 것이다. 성종은 사가독서자들에게 극진한 대우를 하였다. 사가독서를 받은 자에게는 국가에서 모든 식량을 공급하였고, 수시로 독서를 권장할 목적으로 어주를 하사하기도 하였다.

이와 같이 성종은 사가독서자에게 식량과 술 및 물품 등을 하사하여 독서를 장려하였다. 한편 성종은 예정에 없이 사온서(司醞署)에서 빚은 술을 내리고, 즉시 시제를 주어 평가하기도 하고, 독서의 결과를 점검하기도 하였다.

중종 당시 독서당이 형식적으로 운영되자 당시 대사헌 심언관이 성종 때의 독서당을 중종실록 권74에 나와 있는 바와 같이 아래와 같이 취지로 평하기도 하였다.

50

> 성종 때에서는 사가독서자에게 때때로 사람을 보내어 시를 짓게 하고, 책을 많이 읽게 하였으며, 많이 읽은 자에게는 별도로 후하게 포상하였고, 독서에 마음을 쓰지 않은 자에게는 체벌을 가하였기 때문에 사람들이 스스로 힘을 다해서 공부하지 않은 자가 없었다.

사가독서제는 세종 때에 시작되어 성종 때에 본격화 되었다. 성종 때에 재가독서, 공가독서, 산사독서를 실시하였으나 주로 산사인 장의사와 용산사에서 이루어졌다. 성종의 독서교육은 사가독서제와 지방 고을에까지 교수와 훈도를 임명하여 교육정책에 힘썼다.

성종은 독서를 장려하기 위하여 독서 관련 과목을 선정하고 독서 규칙을 정하여 상을 주고, 독서모임에는 특별한 혜택을 주어 독서인의 권위를 높이기도 하였다. 성종은 독서열이 높고, 독서를 통해 인재를 양성하기 위하여 성균관에 존경각을 건립하기도 하고, 사학과 종학을 활성화하여 학문에 몰두하게 하였다. 성종은 성리학에 뜻을 두고 교육의 중요성을 강조하고 인재양성을 위해 홍문관을 설립하고 사가독서제를 부활하여 인재를 선발하고 독서하도록 하였다. 성종 때 초기에는 독서의 장소로 공가독서를 탈피하여 산사에서 이루어졌다.

서거정이 성종께 주청한 내용을 보면 산사에서 독서하게 된 이유를 집(在家讀書)이나 빈집(空家讀書)은 교우왕래가 빈번하여 독서에 전념할 수 없다는 것이었다. 성종은 서거정의 건의를 받아 들여 장의사와 용산사 등의 사찰에서 사가독서 하도록 한 것이다. 성종 때는 독서당이 건립되기 전까지는 주로 사찰에서 사가독서를 하였다. 그러나 가뭄과 기근이 계속되고 심하여 재정이 악화되고, 백성들의 삶이 어려워 사가독서가 폐지되었다. 성종 22년(1491년)께 도승지 정경조는 사가독서의 부활과 독서의 장소를 건의하였는데, 성종은 사가독서는 부활하되 장소가 사찰이라 유학숭배사상에 맞지 않아 다른 집(堂)을 지으려는 생각을 가지고 있었던 것으로 용재총화를 보면 짐작할 수 있다.

독서당 장소에 대하여 다음과 같은 내용의 기술이 있다.

옛날 사찰이 남호 귀후서 언덕에 있었다. ──중략── 불상은 홍천사로 옮겼다. 그 집을 홍문관에 주어 독서하게 하였다. 이를 독서당이라 하였다. 선비와 유람하는 사람들이 술을 가지고 오기도 하고, 임금이 가끔 술과 음식을 하사하여 연회를 베풀고 위로하였다.

그리고 광해군 일기에도 독서당에 관한 다음과 같은 내용이 있다.

성종 때에 유신들과 스님들이 한 곳에서 독서하는 것이 마땅치 않아 용산의 폐지된 사찰을 독서하는 장소로 하였다. 홍치 임자년에 조위(曺偉)의 건의로 해당 사찰을 수리하도록 지시하고 독서당이라는 현판을 주었다.

성종은 독서당이 완성된 후 편액(扁額)* 과 기문(記文)* 을 걸고 낙성식을 하였는데, 당시 승정원에 전교한 내용이 다음과 같다.

용산강의 독서당이 낙성되었으므로 그 편액과 기문을 내일 걸어야 하겠으니, 홍문관 관원들을 모두 참석하게 하라 내가 주연을 베풀겠다.

위와 같은 여러 가지 정황으로 보아 성종은 성리학을 발전시키기 위하여 인재양성이 중요함을 알고, 사가독서를 계속한 것으로 생각된다. 그러나 계속되는 가뭄과 기근으로 사가독서가 중단되기도 하였고, 사찰이 독서의 장소로 유학자들에게는 적절하지 않다는 생각으로 별도의 당을 건축하려했으나, 당시의 어려움으로 뜻을 이루지 못하고 빈 사찰을 수리하고 증축하여 독서당으로 활용하였음을 알 수 있다. 후에 결국 성종은 남호독서당을 낙성하였지만 활성화 시키지는 못하였다.

성종은 시경 · 서경 등 경서를 읽었고, 통감강목 같은 역사 책, 고려사도 읽었다. 성종은 책을 읽다가 시강관들에게 질문을 던지며, 자기의 의견을 내놓기도 하였다. 세종의 독서법을 백독백습, 즉 여러 번 반복하여 읽되 정독하는 스타일이라고 한다면 성종은 많은 양의 책을 읽는 다독 스타일이라고 할 수 있다. 성종 2년 7월부터는 경연을 마치고 왕과 입시한 관원 사이에 국사를 논의하게 되었는데, 당시 국정의 모든 문제였다. 심지어 입시한 대간들의 직무와 관련하여 활발하게 언론할 기회도 있었다고 한다.

성종은 하루에 3번씩 경연관에게 경서를 강의하게 할 정도로 독서와 교육에 힘썼다. 또한 독서를 장려하기 위하여 독서 관련 과목을 선정하고 독서 규칙을 정하여 상을 주고, 독서모임에는 특별한 혜택을 주어 독서인의 권위를 높이기도 하였다. 성종은 독서열이 높고, 독서를 통해 인재를 양성하기 위하여 성균관에 존경각을 건립하기도 하고, 사학과 종학을 활성화하여 학문에 몰두하게 하였다. 성종은 성리학에 뜻을 두고 교육의 중요성을 강조하고 인재양성을 위해 홍문관을 설립하고 사가독서제를 부활하여 인재를 선발하고 독서하도록 하였다. 성종 때 초기에는 독서의 장소로 공가독서를 탈피하여 산사에서 이루어졌다.

성종 때의 사가독서를 한 사람들은 장의사나 용산사에서 독서하였다. 이들은 모두 당대의 유명한 학자들로 다른 학자들의 부러움을 샀으며, 좋은 대우를 받았다. 국가에서 식

량을 공급하고, 독서를 권장할 목적으로 어주(御酒)를 하사
하기도 하였다.

성종의 독서론을 요약하면 다음과 같다.

(1) 많은 양의 책을 읽는 다독 스타일이다.
(2) 경서(經書), 사서(史書)를 읽었다.
(3) 책을 읽다가 시강관들에게 질문을 던지며 토론하였다.
(4) 독서를 장려하기 위하여 독서 관련 과목을 선정하였다.
(5) 독서 규칙을 정하여 상을 주었다.
(6) 독서모임에는 특별한 혜택을 주어 독서인의 권위를 높였다.
(7) 독서를 통해 인재를 양성하기 위하여 성균관에 존경각을 건립
   하였다.
(8) 사가독서제를 부활하여 인재를 선발하고 독서하도록 하였다.
(9) 독서의 장소로 산사(山寺)를 권장하였다.
(10) 독서의 장소로 독서당을 건립하였다.

* **경연(經筵):** 임금에게 유학의 경서를 강론하는 일
* **국조보감:** 역대 국왕의 행적을 기록한 짤막한 형태의 편년체 역사책
* **경연관:** 임금에게 유학의 경서를 강론하는 사람
* **조강(朝講):** 이른 아침에 강연관(講筵官)이 임금에게 학문을 강연하던 일
* **주강(晝講):** 조선시대 때의 법강(法講)의 한 가지로 경연 특진관(經筵特進官) 이하(以下)가 오시(五時)에 행(行)했다
* **석강(夕講):** 임금이나 세자가 저녁에 글을 강독하거나 강론함. 강론에는 조강(朝講) · 주강(晝講) · 석강(夕講) · 야대(夜對) 등이 있는데, 조강과 주강에서는 당시 읽는 글을 진강(進講)하고, 석강에서는 대개 다른 책을 강독(講讀)하거나 낮에 읽은 것에 대해 논란을 벌인다
* **야대(夜對):** 왕이 밤중에 신하를 불러 경연(經筵)을 베풀던 일
* **윤대(輪對):** 조선시대에 문무 관원이 윤번으로 궁중에 참석하여 임금의 질문에 응대하던 일
* **제왕명감, 후비명감:** 역대(歷代)의 제왕(帝王)과 후비(后妃)의 선악으로 본받을 만하고 경계할 만한 것을 채택하여 정리한 책
* **사서오경(四書五經):** 유학 입문 기본서인 대학 · 논어 · 맹자 · 중용의 4서와 시경 · 서경 · 주역 · 예기 · 춘추의 5경을 말한다
* **향학 :** 조선시대 지방에 설치한 교육 기관인 향교(鄕校)를 말한다
* **편액(扁額):** 널빤지나 종이 · 비단에 글씨를 쓰거나 그림을 그려 문 위에 거는 액자
* **기문(記文):** 기록한 문서

3. 초서지법 정약용

정약용(丁若鏞)은 조선 후기의 실학자이며 문신이다. 자는 미용(美庸)이며, 호는 다산(茶山) 외에도 여유당(與猶堂), 사암(俟菴), 자하도인(紫霞道人), 탁옹(籜翁), 태수(苔叟), 철마산인(鐵馬山人) 등이다. 시호는 문도(文度)이다.

다산의 일생은 대체로 3기로 나눌 수 있다. 제1기는 벼슬살이 하던 득의의 시절, 제2기는 귀양살이 하던 환난시절, 제3기는 향리로 돌아와 유유자적(悠悠自適)하던 시절이다.

다산은 정조가 승하한 후 천주교 박해를 위한 신유사옥(辛酉邪獄)으로 전라도 강진에 유배되어 1818년 귀양살이에서 풀려날 때까지 오직 독서와 집필에 몰두하여 경서에 대한 새로운 해석을 한 주석서, 정치와 경제에 대한 개혁을 구상한 『목민심서』, 『흠흠신서』, 『경세유표』를 비롯한 500여 권이나 되는 불후의 저술을 남겼다.

다산은 네 살 때 천자문을 배운 이래 열 살에 벌써 경서, 사서 등 고문을 열심히 공부했던 선비로서 유배지에서조차 다산초당의 동쪽과 서쪽에 따로 공부할 집을 짓고 수천 권의 책을 쌓아 두고 독서를 하고 책을 쓰며 지냈다고 한다.

다산은 강진에 귀양 가 있던 때 두 아들에게 다음과 같은 내용으로 편지를 보냈다.

공부할 때에는 먼저 경전에 대한 공부를 하여 밑바탕을 확고하게 한 후에 옛날의 역사책을 섭렵하여 정치의 득실과 잘 다스려지고 못 다스려지는 이유의 근원을 알아야 하며, 또 반드시 실용의 학문에 뜻을 두어서 옛 사람들이 나라를 다스리고 세상을 구했던 글들을 즐겨 읽어야 한다. 이런 마음을 늘 갖고 있으면서 만민을 윤택하게 하고 만물을 번성하게 자라게 해야겠다는 뜻을 가진 뒤에 라야 비로소 올바른 독서 군자가 될 것이다.

이 편지 내용을 통하여 다산의 독서 목적은 현재의 학문적인 지식을 습득하거나 입신출세하는 데 두고 있는 것이 아니라, 자기의 삶에 대한 문제와 역사 현실의 문제를 해결하는 데 두고 있음을 알 수 있다.

다산이 읽으라고 권한 책들은 대체로 두 계열로 분류할 수 있다. 한 계열은 자기 몸을 갈고 다듬는 데 필요한 책들이고 다른 한 계열은 세상을 바로 잡고 백성을 편안하게 하는데 필요한 책들이다. 먼저 자기의 몸을 닦는 수기(修己)를 위한 책들로는 대학, 논어, 맹자, 중용의 사서(四書)와 시경, 서경, 주역, 예기, 춘추, 악기의 육경(六經)을 들고 있다.

다산은 사람이 천하와 국가를 위해서 일하기 전에 먼저 자기 자신을 수양하는 것이 필요하다고 주장하고, 그러기 위해서는 먼저 수기지학(修己之學)*의 요체인 유가경전을 연마해서 밑바탕을 튼튼히 해둬야 한다고 생각하였다. 또한 세상을 바로잡고 백성을 편안히 하는 데 필요한 책들은 우리 민족이 딛고 서 있는 현실을 이해하기 위한 역사책과 우리나라의 옛 문헌과 문집과 같이 경세치용에 도움이 되

57

는 책을 추천하고 있다.

먼저 역사책으로는 삼국사기, 고려사, 여지승람, 국조보
감, 징비록, 연려실기술 등이며, 옛 문헌과 문집 가운데 세
상을 경륜하는데 도움을 줄 수 있는 책으로는 퇴계집, 율곡
집, 서애집, 백사집, 이충무공전서, 반계수록, 성호사설, 해
동명신록, 조야수언, 일찬, 문헌통고 등을 들고 있다. 다산
은 "훌륭한 독서를 위해서는 책을 읽기 전에 먼저 자기의
문제의식 내지 주견을 확실히 정해야 한다"고 했다. 그렇
지 않으면 그야말로 보아도 보이지 않고, 아무리 책을 많이
읽어도 소용이 없다는 것이다. 그러면 이렇게 자기의 근기*
를 세운 뒤에는 책을 어떻게 읽어야 하는가. 다산은 이 문
제에 대한 자기의 생각을 다음과 같이 피력하고 있다.

> 내가 몇 년 전부터 독서에 대하여 대충 생각해 보았는데 마구잡이
> 로 그냥 읽어 내리기만 하는 것은 하루에 천백 편을 읽어도 오히려
> 읽지 않는 것과 다를 바가 없다. 무릇 독서라는 것은 도중에 명의를
> 모르는 글자를 만날 때마다 넓게 고찰하고 세밀하게 연구하여 그
> 근본 뿌리를 파헤쳐 글 전체를 설명할 수 있어야 한다. 날마다 이
> 런 식으로 한 종류의 책을 읽는다면 곁들여 수백 가지의 책을 뒤적
> 이게 된다. 이렇게 읽어야 읽는 책의 의리를 효연하게 꿰뚫어 알 수
> 있게 되는 것이니, 이 점 깊이 명심해야 한다.

책을 마구잡이로 그냥 읽어 가는 것은 아무리 많이 읽어
도 소용이 없고 오히려 읽지 않는 것과 다를 게 없다는 것
이다. 책을 읽어 가다가 중요한 개념이나 모르는 내용이 있

으면 여러 가지 서적들을 참고해서 세밀하게 연구함으로써 그 책의 근본 뿌리를 캐내어야 한다는 것이다.

다산은 독서의 방법으로 책을 닥치는 대로 많이 읽는 남독보다는 책을 깊이 읽고 세밀하게 읽는 정독을 택했다. 다산은 거기에 머물지 않고 정독의 구체적 방법론까지 제시하였다. 그것이 바로 초서지법(鈔書之法)이다. 초서(鈔書)* 란 '큰 책에서 중요한 내용을 뽑아 체계적으로 정리하는 것'을 말한다.

다산은 책을 읽을 때 초서하기에 힘써서 게으름이 없도록 해야 한다고 강조하고, 초서를 할 때에는 우선 자기 자신의 학문에 대한 입장이 뚜렷해야 하며 그래야 판단기준이 마음에 세워져 취사선택하는 일이 용이하다고 하였다. 자기의 주체적인 입장에서 필요한 곳을 발췌하고 그것을 정리해 두어야 나중에 글을 쓸 때 도움이 된다는 것이다. 책을 읽을 때 그 요점을 자기 나름대로 정리하고, 그것을 내용에 따라 분류해 두는 것은 학문을 하는 사람들이 해야 할 기본적인 작업인데, 다산은 특히 이런 기본적인 작업을 부지런히 해둘 것을 강조하였다.

정약용은 여러 차례의 편지에서 다음과 같이 독서와 공부에 대하여 강조하였다.

〈독서에 대하여〉
(1) 확고한 뜻을 세우고 독서하라.
(2) 내용을 분명히 파악해야 한다.
(3) 중요한 내용은 기록해 두어라.

(4) 집안을 일으키는 떳떳한 길이다.

〈공부에 대하여〉
(1) 공부는 때가 있다.
(2) 공부는 근본이 확실해야 한다.
(3) 공부는 계획을 세워 실천해야 한다.
(4) 정성을 다하여 공부에 힘쓰라.
(5) 정성을 다하는 마음이 공부의 근본이다.

다산은 독서방법으로 큰 책에서 중요한 내용을 뽑아 체계적으로 정리하는 방법인 초서지법을 주장하였고, "뜻을 세우고 독서하고, 내용을 분명히 파악해야 한다. 독서는 집안을 일으키는 길이다. 중요한 내용은 기록해 두어라" 하고 강조하였다.

* **수기지학(修己之學)**: 스스로 몸을 닦는 공부
* **치인지학(治人之學)**: 남을 다스리는 공부
* **근기(根氣)**: 근본이 되는 힘
* **초서(鈔書)**: 큰 책에서 중요한 내용을 뽑아 체계적으로 정리하는 것

4. 간서치 이덕무

독서가 중요하다고 자꾸 말하면 바보라 해도 좋을 듯하다. 독서의 중요성을 여러 번 반복하거나 끊임없이 계속하여 말하면 정말 어리석을까? 형암 이덕무는 자기 자신을 "책만 읽는 바보(멍청이)", 즉 "간서치(看書癡)"라고 불렀다고 한다.

정민 교수의 저서『미쳐야 미친다』조선 지식인의 내면 읽기─라는 책을 읽고 문득 생각해 보았다. 그는 " '불광불급(不狂不及)' 미치지(狂) 않으면 미치지(及) 못한다. 세상에 미치지 않고 이룰 수 있는 큰일이란 없다. 학문도 예술도 사랑도 나를 온전히 잊는 몰두 속에서만 빛나는 성취를 이룰 수 있다"고 주장하였다.

남이 미치지 못할 경지에 도달하려면 미치지 않고는 안 된다는 뜻이다. 미쳐야 미친다. 급(及)하려면 광(狂)하라. 주위 사람들에게 광기(狂氣)로 비칠 만큼, 몰두하지 않고는 결코 남들보다 좋은 위치에 있을 수 없다는 것이다.

형암 이덕무가 바로 이런 사람이다. 형암은 조선 후기의 실학자이다. 본관은 전주이며, 자는 무관(懋官)이다. 호는 형암(炯庵), 아정(雅亭), 청장관(靑莊館), 영처(嬰處) 등으로 다양하다.

서얼(庶孽)* 출신으로 가난한 환경에서 자랐고, 정규교육을 받지 못했으나, 박람강기(博覽强記)*하고, 시문(詩文)에 능하여 젊어서부터 이름을 떨친 사람이다. 글자나 역사적 사실에 대한 고증부터 역사, 지리와 초목, 충어(蟲魚)의 생태에 이

61

르기까지 그의 지식은 방대하고 다양했다. 홍대용(洪大容), 박지원(朴趾源), 성대중(成大中) 등과 사귀고, 박제가(朴齊家), 유득공(柳得恭), 이서구(李書九) 등과 함께 『건연집(巾衍集)』이라는 시집을 출간하였다. 이 시집이 청나라에까지 전해져서 이른바 사가시인(四家詩人)의 한 사람으로 이름을 날리게 되었다.

그는 경사(經史)*에서 기문이서(奇文異書)*에 이르기까지 통달하여 박학다재(博學多才)*하고 문장이 뛰어났으나 서자였기 때문에 관직에 높이 오르지 못하였다.

정조 2년(1778년)에는 중국에 여행할 기회를 얻어 청나라의 문사들과 교류하고 돌아왔으며, 1779년 정조(正祖)가 규장각(奎章閣)을 설치하여, 여기에 서얼 출신의 우수한 학자들을 검서관(檢書官)*으로 등용할 때 박제가, 유득공, 서이수(徐理修) 등과 함께 수위(首位)로 뽑혔다. 또한 정조의 총애를 받으며 규장각에서 『국조보감(國朝寶鑑)』, 『대전통편(大典通編)』, 『무예도보(武藝圖譜)』, 『규장전운(奎章全韻)』, 『송사전(宋史筌)』 등 여러 서적을 편찬하고 교감하는 데에 참여하였고 또한 많은 시편(詩篇)도 남겼다.

형암은 문자학(文字學)인 소학(小學), 박물학(博物學)인 명물(名物)에 정통하고, 전장(典章), 풍토(風土), 금석(金石), 서화(書畵)에 두루 통달하여, 박학(博學)적 학풍으로 유명하였다. 그는 명(明)나라와 청(淸)나라의 학문을 깊이 이해하고, 후배들의 청조 고증학 연구의 토대를 마련하였다. 그의 사상은 정약용(丁若鏞), 김정희(金正喜), 김정호(金正浩) 등에게 영향을 주었다. 형암은 그림을 잘 그렸고, 글씨에도 능하였으며, 경전과 각종 서적에 통달하고 문장에 뛰어난 독서가이다. 책에 미친 바보이다.

저서에는 앙엽기, 관독일기, 이목구심서, 편서잡고, 청비록, 기년아람, 한죽당섭필, 천애지기서, 열상방언, 예기고, 영처잡고, 영처문고, 영처시고, 뇌뢰낙락서, 사소절, 무예통지, 입연기, 협주기 등이 있다.

형암은 독서를 하면서 유익한 점 네 가지를 깨달았다고 한다.

첫째, 굶주린 때에 책을 읽으면 소리가 배에 낭랑하여 그 이치(理致)와 지취(旨趣)*를 잘 맛보게 되어서 배고픔을 느끼지 못하게 된다.

둘째, 차츰 날씨가 추워질 때 읽게 되면 기운이 소리를 따라 유전하여 체내가 편안하여 추위를 잊을 수가 있게 된다.

셋째, 근심, 걱정으로 마음이 괴로울 땐, 눈은 글자에 마음은 이치에 집중시켜 읽으면 천만 가지 생각이 일시에 사라지게 된다.

넷째, 감기를 앓을 때에 책을 읽으면 기운이 통하여 부딪힘이 없게 되어 기침소리가 갑자기 그쳐버리게 된다는 것이다. 이런 유익한 점이 있는 독서를 사람들이 게을리 한다고 하면서 독서할 것을 거듭 권고하였다.

형암의 독서 목적은 (1) 여가 선용이다. (2) 즐기기 위함이다. (3) 인간이 되기 위함이다. (4) 순수한 책 읽기를 위함이다.

형암은 기본적으로 책을 많이 읽어야 한다고 생각하였다. 수만 권의 책을 읽고, 수백 권의 책을 베꼈다. 그는 책을 읽을 때, '외우는 것보다는 뜻을 이해할 것'을 주장하였고, '글의 요지를 잘 파악해야 한다'는 것을 강조하였다. 그러므로 형암의 독서는 박이정(博而情)* 독서법이라고 할 수 있다.

형암의 독서 및 글쓰기 방법은 (1) 다독주의이다. (2) 뜻을 이해하는 것이다. (3) 스스로 읽는 것이다. (4) 책 빌리고 빌려주는 예의를 지키는 것이다. (5) 사군자(士君子)라면 반드시 책을 읽어야 한다. (6) 짧은 글을 많이 썼다. (7) 독서일기, 고증, 잠언, 생활 묘사, 자연의 풍광, 동식물의 생태 등 다양한 내용의 글을 썼다. (8) 문집에는 시, 기(記), 서(序), 서간과 같은 전통 한문학이 많다. (9) 문집에는 아포리즘 형식의 짧은 글쓰기가 절반 이상이다.

형암의 독서는 학문과 교육을 통해 실학을 이루려고 했던 그의 학문적 자세의 소산이라 할 수 있다. 또한 조선시대 유학자들의 도학주의 형태의 독서관에서 다산 정약용에 이르러 확고해진 문제해결 형태의 독서관으로 이행하고 있던 당시의 독서관을 대표적으로 보여 주고 있다.

* **서얼**: 양반의 자손 가운데 첩의 소생을 이르는 말
* **박람강기**: 여러 가지의 책을 널리 많이 읽고 기억을 잘한다.
* **경사(經史)**: 경사는 경서와 사서를 말한다.
  - **경서**: 옛 성현들이 유교의 사상과 교리를 써 놓은 책. 역경, 서경, 시경, 예기, 춘추, 대학, 논어, 맹자, 중용 따위를 말한다.
  - **사서**: 역사서
* **기문이서(奇文異書)**: 기묘하고 이상한 글과 책
* **박학다재(博學多才)**: 학식이 넓고 재주가 많다.
* **검서관(檢書官)**: 규장각의 문서정리와 자료조사 같은 단순한 작업을 하는 사람으로 책을 교정하는 일을 하였다
* **지취(旨趣)**: 어떤 일에 대한 깊은 맛. 또는 그 일에 깃들여 있는 깊은 뜻
* **박이정(博而情)**: 여러 방면(方面)으로 널리 알 뿐 아니라 깊게도 앎. 즉 '나무도 보고 숲도 본다'는 뜻

5. 억만재 김득신

김득신은 선조 37년부터 숙종 10년(1604~1684년)인 조선 중기의 시인이다. 본관은 안동(安東)이요, 자는 자공(子公)이고, 호는 백곡(栢谷)이다. 백곡은 어릴 때 천연두를 앓아 조금 둔한 편이었으나, 아버지의 가르침을 받아 서서히 이름을 떨친 인물이다. 당시 한문 사대가인 이식(李植)으로부터 "시문이 우수하다"라는 평을 들어 이름이 세상에 알려지게 되었다.

백곡은 옛 선현과 문인들이 남겨 놓은 글들을 많이 읽었다. 특히 백이전(伯夷傳)을 억 번이나 읽었다고 하여 자기의 서재를 '억만재(億萬齋)'라 불렀다.

백곡의 저술은 병자호란 때 많이 불타 없어졌으나, 문집인 『백곡집』에는 많은 글들이 전해지고 있다. 그중 시가 반 이상을 차지하고 있는 것으로 보아, 백곡은 문보다는 시에 능했음을 알 수 있다.

특히, 오언·칠언절구를 잘 지었다. 용호(龍湖), 구정(龜亭), 전가(田家) 등은 어촌이나 산촌과 농가의 정경을 그림같이 묘사하고 있는 작품들이다. 시를 잘 지었을 뿐만 아니라 시를 보는 안목도 높아, 종남총지(終南叢志) 같은 시화도 남겼다. 또한 백곡은 술과 부채를 의인화한 가전소설 환백장군전(歡伯將軍傳)과 청풍선생전(淸風先生傳)을 남기기도 했다.

백곡의 아버지는 신기한 태몽을 꾸었는데, 꿈의 기대에 비해 둔하고 어눌했다. 열 살에야 겨우 글을 배우기 시작했는데,

첫 단락 26자를 3일을 배우고도 읽지를 못했다고 한다. 그래서 사람들은 "저런 바보가 있느냐"며 수군대기도 하였다. 그러나 백곡의 아버지는 "이 아이는 자라서 반드시 문장을 떨칠 것이다. 저리 둔하고 미욱하면서도 공부를 포기하지 않으니 그것이 오히려 대견스럽다"고 하였다고 한다.

백곡은 피나는 노력으로 59세 늦은 나이에 문과에 급제했다. 그는 딸을 먼저 여의었는데, 장례 행렬을 따라 가면서도 손에 놓지 않고 보았던 글이 '백이전'이었다. 또 부인의 상중에 일가친척들이 '애고, 애고' 곡을 하는데, 곡소리에 맞춰 '백이전'의 구절을 읽었다. 백곡은 독서 방법이 특이하였다. 백곡은 둔하고 느렸지만 꾸준히 읽고 공부한 끝에 말년에 '당대 최고의 시인'으로 불렸다.

세상에는 똑똑한 사람이 많지만, 천재와 수재, 영재라고 하는 이들은 한때 똑똑하고 재능이 있다는 이름만 얻었을 뿐, 후에는 전하는 바도 배울 바도 없는 경우가 허다하다. 우리는 백곡의 끊임없이 노력하는 자세를 본받아 사숙하면 좋겠다.

백곡 김득신의 묘지에는 '재주가 다른 이에게 미치지 못하다고 스스로 한계 짓지 말라. 나처럼 어리석고 둔한 사람도 없었을 것이지만 나는 결국에는 이루었다. 모든 것은 힘쓰고 노력하는 데 달려 있다'고 쓰여 있다.

둔재로 태어났으나 끝없는 노력으로 당대의 시인이자 문장가로 인정받은 독서왕 김득신은 묘지명을 미리 지어 독서 의지를 더욱 다졌다. 쉬고 싶고, 놀고 싶은 마음, 약해지려는

67

마음을 다독였다.

그의 독서량은 상상을 초월한다. 사기(史記)에 나오는 백이전(伯夷傳)을 무려 1억 1만 3천 번을 읽었고, 한유의 사설(師說)을 1만 3천 번, 악어문(鰐魚文)*을 1만 4천 번, 노자전을 2만 번, 능허대기(凌虛臺記)*를 2만 5백 번씩이나 읽었다고 한다.

백곡 김득신은 옛 글 36편을 읽은 횟수를 고문삼육수독수기(古文三十六首讀數記)에 기록했다. 독수기는 충북 괴산군 괴산읍에 있는 그의 옛집인 취묵당에 걸려 있다. 김득신은 1만 번에 미치지 못하면 아예 기록조차 하지 않았다.

그는 후손들에게 "너희가 독수기를 읽는다면 내가 독서에 게으르지 않았음을 알 것"이라고 했다. 조선에서 책을 좋아하는 선비들은 대나무 가지에 횟수를 기록하면서 독서를 했다. 읽고 또 읽고 외워서 자신의 것으로 만들었다.

조선 후기 실학자 다산 정약용은 "문자가 만들어진 이래 종횡으로 수천 년과 3만 리를 다 뒤져도 대단한 독서가는 김득신이 으뜸"이라고 평한 뒤 "곰곰이 생각하면 하루에 백이전을 100번 이상 읽기는 어렵다. 더욱이 이 책을 읽으면서 다른 글도 수만 번씩 읽을 수 있겠는가"라고 고개를 갸우뚱거렸다고 한다.

다음은 백곡의 독서 의지를 담은 시 한 편이다.

이십 육년 간 등불 걸고
고문을 읽었네.
붓은 과보*처럼 달리고

기상은 구름위로 솟으려 하네.
 * 과보(夸父) : 걸음걸이가 빠른 신화 속의 인물

　백곡의 독서방법은 첫째, 고문을 많이 읽고 외웠다. 둘째, 꾸준히 읽었다. 셋째, 때와 장소를 가리지 않고 읽었다. 넷째, 같은 책을 여러 번 반복하여 읽었다. 다섯째, 읽은 횟수를 기록하였다. 여섯째, 시문을 썼다.

　백곡 김득신에게 독서는 단순한 책 읽기가 아니었다. 삶의 기쁨이었고, 예술이었다.

* **악어문:** 한유(韓愈)가 써 악어에게 보낸 글
* **능허대기:** 소식(蘇軾)이 태수의 명을 받아 능허대의 아름다운 경치를 기술한 것

6. 선독서 박지원

연암 박지원(1737~1805)은 『양반전』에서 양반을 '維厥兩
班(유궐양반), 名謂多端(명위다단), 讀書曰士*有德爲君子(독
서왈사 유덕위군자), 武階列西(무계열서), 文秩序東(문질서
동), 是爲兩班(시위양반)'이라 정의하였다. 이 중 '讀書曰士(독
서왈사)'라는 구절에서 선비의 독서관을 엿볼 수 있다. 연암은
선비의 역할을 이용후생의 실천적 학문을 가지고 민중의 생
활향상을 위해 공헌하는 것으로 인식했기 때문에 선비가 추
구해야 될 지식은 '지배의 지식이 아니라, 민중을 봉건적 억압
이 굴레(특히 경제적 궁핍)로부터 벗어나게 하여 인간다운 삶
을 영위할 수 있게 하는 데 기여하는 해방의 지식이어야 한다'
고 보았다. 이처럼 연암은 실천적 학문을 추구하였기 때문에
책을 읽고 공부하던 자세는 기존의 양반사대부들과는 다르
다고 할 수 있다.

연암의 독서관은 '이민택물(移民澤物)'하는 실천적 독서관
이다. 연암은 "선비가 독서를 해서 탐구한 성과가 자기의 입
신출세나 명예 같은 자기 욕망의 충족에만 머물러서는 안 되
며, 그 혜택이 사해에 미치고 그 공이 만세에 드리워지도록 해
야 한다"고 하면서 무엇을 위해 독서를 해야 하는가에 대해서
다음과 같이 말하고 있다.

무릇 독서는 장차 무엇을 위해서 하는 것인가. 문술을 풍부하게 하기 위함인가. 문예를 높이기 위함인가. 학문을 강구하고 도를 논하는 것은 독서의 사(事)요, 효제하고 충신하는 것은 강학의 실(實)이며 예악형정(禮樂刑政)은 강학의 용이다. 독서를 하면서도 실용할 줄을 모르면 참된 강학이 아니며, 강학에서 귀하게 여기는 점은 그 실용을 행하는 데 있다.

夫讀書者 將以何爲也, 將以富文術乎, 將以博文譽乎, 講學論道, 讀書之事也, 孝悌忠信, 講學之實也, 禮樂刑政, 講學之用也, 讀書而不知實用者, 非講學也, 所貴乎講學者 爲其實用也 『燕巖集』券 10「原士」

연암은 흥미를 위주로 한 독서를 지양하고, 저자가 고심한 자취를 헤아리는 데까지 나아가야 그것이 '선독서(善讀書)'라고 하였다. 그러므로 연암이 말하는 '善讀書者'는 우리가 보통 책을 잘 읽는다고 하는 사람이 아니라, 실천적 문제의식을 가지고 저자의 정신을 읽을 줄 알고 거기에서 얻은 지혜를 그가 살고 있는 현실의 제 문제를 해결하는데 응용할 줄 아는 인물을 말한다.

이렇게 실천적 문제의식을 갖고 독서할 것을 강조한 연암은 문제의식으로 경서를 읽고 농·공·상의 복리증진을 위한 이용후생의 학과 기술을 연구하였다. 그는 먼저 자기가 하고자 하는 실용의 학을 전개할 수 있는 논리적인 바탕을 마련하기 위해 경서(經書)를 실천적인 각도에서 재해석한다. 그가 특히 주목한 경서는 서경(書經)인데, 그 가운데서도 선정과 양민을 강조한 '대우모(大禹謨)'를 이런 각도에서 되새겨 보았다.

71

이 '大禹謨'는 양민의 근본은 水ㆍ火ㆍ金ㆍ木ㆍ土ㆍ穀(6 府)을 잘 다스리는 데 있으며, 正德(정덕), 利用(이용), 厚生(후생) 등 3事(사)를 잘 조화시키는 것이 선정의 요체라는 내용을 담고 있는데, 연암은 이 대목이 가지고 있는 실천적 성격에 주목하여 水火金木土의 五行을 합리적으로 이용할 것을 강조하고, 正德, 利用, 厚生 가운데서 이용후생에 중심을 두어 '利用厚生, 可以厚生, 厚生然後德可以正矣'라는 논리를 마련하였다.

연암은 이러한 독서를 위해서는 '집중적인 노력과 충분한 시간이 필요하며, 과정을 정해 놓고 하는 것이 좋다'고 하였다. 바른 선비는 어린이같이 뜻을 오롯이 하고 처녀가 몸을 지키듯 확고한 자세를 가지고, 일정한 해를 마칠 때까지 문을 닫아걸고 옛 경전과 역사책, 그리고 농ㆍ공ㆍ상의 이치 등을 공부하여 현실타개를 위한 이론을 마련해야 하는 동시에 실제의 체험을 통해서 선진문물을 수용해 당시의 정체된 사회를 발전시킬 방안을 마련해야 한다고 믿었다. 이러한 집중적인 공부를 효과적으로 하기 위해서는 체계적인 과정이 필요하다고 하였다.

독서하는 방법에는 과정을 정해놓고 하는 것보다 더 좋은 방법은 없으며 질질 끄는 것보다 더 나쁜 것은 없다.

讀書之法, 莫善於課, 莫不善於拖
『燕巖集』, 券 10 「原士」

독서를 할 때는 이것저것 닥치는 대로 많이만 읽는다고 좋은 것이 아니라 반드시 일정한 과정을 정해놓고 하는 것이 좋으며, 집중적이고 체계적으로 공부하지 않고 질질 끄는 것은 나쁘다는 것이다.

독서를 할 때 한꺼번에 많이 읽으려고 탐내거나 빨리 읽으려고 하지 말고 공부할 양을 정해놓고 날로 미쳐 익히면 듯이 정해지고 의가 밝아지며 음이 농해지고 의가 익혀져서 자연히 외어지게 되는데, 이것이 독서의 차제라고 하였다.

毋貪多, 無欲速, 定行限遍, 惟目之及, 旨精義明, 音濃意熟, 自然成誦, 乃第其次
『燕巖集』, 券10 「原士」

연암은 죽은 지식만 구하는 잘못된 독서를 질타하고, 생기 가득한 이른 아침 새소리를 보고 듣는 것이 참 독서라고 지적하기도 하였다. 즉 지적 허영심을 꼬집는 말을 하였다.

"무릇 물고기가 물에서 놀면서 눈으로 물을 보지 못함은 무슨 까닭인가? 보이는 것이 모두 물 뿐이니 물이 없는 것과 마찬가지이지. 이제 자네의 책이 마룻대*까지 닿고 서가에 그득 꽂혀 전후좌우로 온통 책뿐이나 마치 물고기가 물속에서 노는 것과 다름없네. 독서하느라 3년을 방 밖으로 나오지 않았다는 동중서*에게 독서법을 본받고, 무엇이나 기록하기 좋아했던 장황에게 기록을 도움받고, 암송을 잘했던 동방식*에게 암송 재주를 빌려온다고 해도 아마도 자득할 수 없을 것이네. 그래서야 되겠는가?"

연암이 책을 열심히 모아 서재를 꾸민 선비에게 던진 고
언이다. 그러면 어찌해야 하느냐는 질문에 연암이 대답한다.
"몸을 방 밖에 두고 창구멍을 뚫고 보는 게 제일 낫네. (중략)
눈으로 보지 말고 마음으로 비추어 보는 것이 옳으리라. (중
략) 글을 완상한다는 것이 어찌 눈으로만 보아서 살핀다는 뜻
이겠는가. 입으로 맛보면 그 맛을 얻을 것이며 귀로 들으면 그
소리를 얻을 것이며 마음으로 깨달으면 그 정수를 얻을 것이
네." 거칠게 요약하면, 책의 바다에 빠져 허우적대지 말고, 항
해를 즐기라는 뜻이겠다.

* **독서왈사**: 글을 읽으면 사(士)라 하고
* **마룻대**: 지붕마루에 수평으로 걸어 좌우 지붕면 상연의 위 끝을 받는 도리
* **동중서**: 하북성 출신으로 어릴 때부터 책 읽기를 좋아해 배우기에만 전념했
  다. 학문이 무르익으면서 그는 저술과 교육에도 힘썼다. 그의 교육방법은 '제
  자는 스승으로부터 직접 배우기보다 상호간에 학문을 전수하는 방법'이다.
* **동방삭**: 한(漢)나라 때 금마문시중(金馬門侍中), 자는 만청(曼倩), 호는 동곽
  노인(東郭老人), 해학(諧謔)과 변설(辯舌)로 이름났으며, 오래 살아 '삼천갑
  자 동방삭(三千甲子東方朔)'이라 하였다.

7. 윤리실천 이이

율곡 이이는 우리가 정말 알아야 할 우리의 선비이다. 조선 성리학을 구축한 성심(誠心)의 사대부라고 할까?

이이(栗谷 李珥)는 1536년(중종 31년)에 태어나 1584년(선조 17년)에 별세하였다. 이이는 퇴계 이황과 함께 16세기를 대표하는 사람이다. 많은 학자들이 퇴계를 영남학파, 율곡을 기호학파의 대표이라고도 한다. 이이와 이황은 35년의 나이 차이가 있었지만 성리학에 대한 열정과 공감대 때문에 만나자마자 의기 상통했고, 학문적으로 보완하는 관계였다. 퇴계가 새로운 시대사상인 성리학을 완벽하게 이해했다면, 율곡은 퇴계가 이룩한 학문적 토대 위에서 성리학을 조선에 토착화한 것이다.

율곡의 일생을 시기에 따라 구분하면 29세까지를 성장기, 30세부터 49세로 사망할 때까지를 사환기(仕宦期)로 파악할 수 있다. 이이는 어머니의 교육에 영향을 받았다. '학문은 현실에 바탕을 두어야 한다'고 생각하며 '독서는 실천을 위한 것'이라고 강조하였다.

율곡(栗谷) 이이(李珥)는 어린 나이에 아홉 번이나 장원급제를 할 만큼 유능한 인재였다. 이이는 덕수 이씨로, 아버지 이원수와 어머니 신사임당 사이에서 강릉 북평현에서 태어났다. 강릉은 신씨 집안이 오랫동안 세거한 지역인데, 아버지 이원수는 처갓집에서 데릴사위처럼 살았다.

학문과 그림으로 명성을 떨친 율곡의 어머니 신사임당은 이이를 직접 가르쳤다. 이이의 천재성과 신사임당의 명철한 교육이 대학자를 탄생시킨 것이다. 신사임당은 '어린 아이의 머리는 백지와 같다. 부모의 가르침으로 백지에 무엇을 그리는지가 중요하다'고 생각했다.

이이는 신사임당이 책을 읽거나 그림을 그리는 모습을 보며 자랐고, 많은 영향을 받았다. 그래서 신사임당의 치마폭에 안겨서 자연스럽게 글을 익혔다. 어머니는 이이에게 강제로 공부를 시키지 않고 놀이를 하듯이 글을 읽게 했다.

이이는 공부에 더욱 전념하여 아홉 번이나 장원급제를 하여 조정에 나아가 호조좌랑으로 시작하여 예조좌랑, 사간원 정언, 이조좌랑에 제수되었다.

이이는 학문에 전심하기보다는 동서 당쟁을 막으려고 노력했다. 이이는『자경문』*을 지어 스스로 나태해지는 것을 경계했다. 그는 책 읽기에 앞서 먼저 단정하게 앉아서 사색에 잠기고는 했다. 특히 할 일을 하지 않고 책을 읽는 것은 옳지 않다고 생각했는데, 이는 책을 읽을 때 헛된 생각이 일어나는 것을 경계하기 때문이다. 그리고 책을 읽는 것도 실천을 위한 것임을 강조했다.

율곡 이이의 독서는 독서관(讀書觀)으로서 뛰어난 생각이다. 율곡은 오서(五書)와 오경(五經)을 돌려가면서 읽음으로써 사리를 깨달아 의리를 밝히고, 성리서(性理書)를 읽어 마음을 적시며, 역사서를 읽어 식견을 길러야 함을 강조하였는데, 그가 말한 독서의 순서를 제시하면 다음과 같다.

먼저『소학(小學)』,『대학(大學)』,『논어(論語)』,『맹자(孟子)』,『중용(中庸)』을 읽고, 다음에『시경(詩經)』,『예경(禮經)』,『서경(書經)』,『주역(周易)』,『춘추(春秋)』를 읽는다. 그리고『근사록(近思錄)』,『가례(家禮)』,『심경(心經)』,『이정전서(二程全書)』,『주자대전(朱子大全)』,『주자어류(朱子語類)』그 외 성리학설(性理學說) 관련서와 역사서를 읽는다.

배우는 사람은 항상 본 마음을 보존하여, 사물에 지배당하지 말고 오로지 이치를 추구하여 선함을 밝혀야, 인간으로서 행해야 할 도(道)가 뚜렷해져 진보할 수 있게 된다. 따라서 이치에 다가가기 위해서는 가장 먼저 이치를 궁구해야 하는데, 이치를 궁구하기 위해서는 반드시 좋은 글을 읽어야 한다.

왜냐하면 위대한 성인들의 마음 씀의 흔적과 선악의 본받을 만한 것, 그리고 경계해야 할 일들이 모두 책에 있기 때문이다. 결국 독서는 앞서 인생을 훌륭하게 산 사람들의 모범적 사례를 이해하고 실천하여, 스스로의 삶을 가치있게 하기 위해함이 바로 독서의 의의이다.

율곡은, "반드시 단정하게 팔짱을 끼고 무릎을 꿇고 바르게 앉아 삼가 공경하여 책을 대하라"고 하였다. "팔짱을 끼고 무릎을 꿇고"라는 등의 방식은 현대인의 생활 방식과 거리가 있지만, "바르게 앉아 삼가 공경하여 책을 대하라"는 말은 지금도 유효한 독서의 태도라고 할 수 있다.

독서는 지식을 얻기 위한 것이고, 그 외적인 태도는 지식을 얻기 위한 마음가짐의 표현이다. 불량한 자세로 하는 독서는 우선 마음이 정리되지 않음을 나타내는 것이고, 그러한 마음 자세는 책의 내용을 적극적으로 이해하고 받아들이고자 함으로 보기 힘들다.

왜냐하면, 그러한 태도와 자세로서는 "마음을 다하고 뜻을 극진하게 하여 생각을 가려 정밀하게 하며, 철저하게 읽고 깊이 생각하여 그 의미를 깊이 풀이해서 실천할 방법을 생각하면서 읽을" 수 없기 때문이다. 율곡의 말과 같이 "만일 입으로만 읽고 마음으로 체득하지 못하고 몸으로도 실천하기 못한다면, 글은 저대로 글일 뿐이고 나는 나대로 나일뿐이 되므로, 아무런 영향을 받을 수 없으니 무슨 보탬이 있을 것인가." 그가 제시한 책들의 독서 의의를 간략히 살펴보기로 한다. 그는 어떤 책에서건 올바른 지식을 익혀 실천하도록 요구한다.

율곡의 독서의 지향점은 사서(四書)에 『소학(小學)』을 포함시켜 오서(五書)를 먼저 읽고, 다음에 오경(五經)을 읽은 다음에 주자의 저작을 중심으로 한 유가 철학서를 읽고 여력이 있으면 역사서를 읽으라고 권고하는 것은, 학자이자 정치가인 율곡이 철저하게 성리학(性理學)의 세계관에 입각한 도서 추천이라고 할 수 있으며, 또 그것은 당시의 세계관이나 통치관이 모두 그들 서적에 모두 들어있다고 여겼기 때문일 것이다. 다시 말하면 당시의 가장 가치있는 '고전 명작'은 개인의 심성 수양 및 처세를 위한 참고서로, 나아가서는 경세(經世)를 담당하거나 준비하는 사람들을 위한 서적이었다.

결국, 율곡의 추천 도서와 그 의의를 통하여 보았듯이, 그가 의도한 독서의 지향점은 넓게는 삼강오륜(三綱五倫)을 비롯한 유가 윤리의 실천을 위한 독서이고, 깊게는 유가적 가치관에 입각하여 심성을 수양하고 철학적 이치를 궁구하기 위한 것으로 볼 수 있다. 따라서 독서는 결국 통치적 입장에서, 미래의 통치자들의 내외적 자질의 함양에 있다고 할 수 있다.

* 자경문(自警文): 스스로를 경계하는 글

8. 독서습관 빌 게이츠

빌 게이츠는 마이크로소프트(MS)社 설립자이다. 1955년 10월 28일 미국 시애틀에서 변호사인 아버지와 교사인 어머니 사이에서 태어났다. 게이츠는 시애틀의 명문 사립중고등학교인 레이크사이드에서 13세의 나이로 처음 컴퓨터를 접했다. 이후 17세에 중학교와 고등학교 2년 선배인 폴 앨런과 첫 회사인 'Traf-O-Data'를 설립하고 시내 교통량을 기록 · 분석하는 소형 컴퓨터를 생산한다. 하버드대학 2학년인 19세의 나이인 1975년에 학교를 중퇴하고 다시 폴 앨런과 함께 마이크로소프트(MS)사를 설립했다.

빌 게이츠는 개인용 컴퓨터(PC) 성장을 예측하고 첫해 컴퓨터 언어 프로그램인 'BASIC'을 개발하였다. MS사가 세계적인 소프트웨어가 된 계기는 90년대 초반의 그래픽 환경을 지원하는 Windows 3.1의 성공에서 시작되었다. 이후 Windows 95, 98, 2000, XP 등 컴퓨터 운영체제(OS)를 개발, 시장을 독점한 MS사는 지난 10년간 연평균 수익 성장률이 39%를 기록할 정도로 고속성장을 거듭했다.

1999년 하버드 대학 시절 친구이자 공동창업자인 스티브 발머에게 사장 겸 최고경영자 자리를 물려주고 경영 일선에서 물러나 현재는 회장직으로 있다. 1994년 MS직원인 멜린다 프렌치와 결혼, 자녀로 딸 제니퍼 캐더린 게이츠와 로리 존 게이츠를 두었다. 『빌게이츠 @ 생각의 속도』, 『미래로 가는 길』

등의 저서가 있다.

빌 게이츠는 주중에 30분씩, 주말에는 서너 시간씩 책을 읽었다. 빌 게이츠는 가정환경이 좋았다. 아버지는 변호사, 어머니는 금융기업과 비영리 단체의 이사였다. 부모는 게이츠가 변호사가 되기를 원했으나 뜻대로 되지 않았다.

초등학교 시절 게이츠는 못 말리는 독서광이었다. 10살이 되기 전에 백과사전을 전체를 독파한 그는 집 근처 공립도서관에서 열린 독서경진대회에서 아동부 1등과 전체 1등을 차지했다. 4~5장 분량이면 되는 리포트 숙제를 20~30페이지가 넘는 사실상의 논문으로 작성할 정도로 의욕도 넘쳤다.

"오늘날의 나를 만든 것은 동네 도서관이다. 멀티미디어 시스템이 정보 전달 과정에서 영상과 음향을 사용하지만, 문자 텍스트는 여전히 세부적인 내용을 전달하는 최선의 방식이다. 나는 평일에는 최소한 매일 밤 1시간, 주말에는 3~4시간의 독서 시간을 가지려 노력한다. 이런 독서가 나의 안목을 넓혀준다"고 하였다.

'오늘의 나를 있게 한 것은 우리 마을의 도서관이었다.' '하버드 졸업장보다 소중한 것이 독서한은 습관이다'라고 빌 게이츠 자신이 밝혔듯이 그는 독서광이다. 그가 변치 않고 실천하는 것이 두 가지가 있는데 첫째는 오수(午睡)라고 한다. 낮에 10분 정도의 조각 잠을 잔다는 것이다. 그리고 두 번째는 독서이다. 아무리 바빠도 하루 한 시간 이상은 반드시 책을 읽는다고 한다. 빌 게이츠가 지금도 가장 아끼는 것이 자신의 서

81

재라고 하였다.

사람은 자라면서 많은 사람으로부터 영향을 입는다. 그중 가장 큰 힘은 부모다. 빌 게이츠는 자신이 독서광이 된 것은 부모님 덕분이라고 말했다. '자라나면서 부모님은 항상 내게 많이 읽고, 다양한 주제에 대해 생각하도록 격려했다. 우리는 책에 관한 것부터 정치까지 모든 주제에 대해 토론했다'고 회상한 바 있다. 그의 부모는 자녀들이 책을 읽는 데 집중하도록 주중에는 텔레비전 보는 것을 금지했다고 한다. 텔레비전 시청은 주말에만 허용됐다.

빌 게이츠는 일 년에 몇 번씩 그가 사는 시애틀 인근의 후드 커널(Hoodcanal)에서 '생각의 주간'(Think Week)을 보낸다고 한다. 책을 읽고 생각하고, 상상했던 것들을 정리하는 시간을 보내는 것이다. 이를 통해서 새로운 아이템도 만들어내고, 세상의 트랜드를 읽어 내거나, 이를 선도하기도 한다. 그가 계속해서 세계 최고의 갑부로서 영향력을 행사하고 있는 힘의 원천인 것이다.

후드 커널은 빌 게이츠의 아버지가 자녀들을 데리고 가 휴가를 즐기던 곳이다. 워싱턴 호숫가에 있는 빌 게이츠의 저택에는 그의 개인 도서관이 있다. 이곳에 그는 1만 4천여 권 이상의 장서를 보관하고 있다. 빌 게이츠에게 독서는 정보 수집의 보물 창고인 셈이다.

빌 게이츠의 독서 습관은 자녀에게 고스란히 전달되고 있다. '컴퓨터 황제'로 불리는 그이지만 자녀에겐 책 읽는 습관을 강조한다. 빌 게이츠는 "내 아이들에게 당연히 컴퓨터를 사줄 것이다. 하지만 그보다 먼저 책을 사줄 것이다"라고 말했다. 빌 게이츠가 큰딸의 컴퓨터 사용 시간을 제한하는 것도 어쩌면 자신에게 평일에 텔레비전 시청을 금지하면서까지 독서 습관을 들여 준 부모의 교훈을 따르기 위해서인 것 같다.

Part 3

CEO는
책을
읽었다

CEO는 책을 읽었다

87

근래 기업의 문화가 달라지고 있다. 사내에
도서관을 설치한다든지, 독서를 회사 발전의 중요한 요소
로 보고 독서활동에 주력하고 있다. 우리나라 기업의 독서
진흥 활동을 요약하여 소개하면 다음과 같다.

삼성전자는 '북 스타트 독서 캠페인'을 실시하고, CEO의
독서 메시지를 직원들과 공유하며 베스트셀러를 소개하고
있다. 삼성카드는 북크로싱(book crossing) 제도를 운영하
고 있다. 북크로싱은 온라인 모임을 활용하여 책을 서로 바
꿔 읽자는 운동이다. 책을 읽은 후, 책과 함께 북크로싱 메
시지를 적어 일정한 장소에 두면 필요한 사람도 마찬가지
로 다음 사람에게 책을 넘긴다. 2001년 미국인 론 혼베이커
(Ron Hornbaker)가 만든 사이트로부터 시작됐다. 소프트웨

Part 3 CEO는 책을 읽었다

어 운영자였던 론 혼베이커는 'Read, Register, Release'라는 '3R' 슬로건을 갖고 창안하였다.

삼성 SDS는 지식경영을 선포하고, 사장이 매년 두 차례 전 직원에게 책을 선물하며, 매주 이메일을 통하여 책을 추천하고 독서를 격려하고 있다. 우림건설은 문화경영을 도입하고, 도서 나눔 운동을 벌이고, 우림나눔도서관을 운영하며, 매달 1회 사장의 친필 메시지가 담긴 책을 배부한다.

동양기전은 사내 독서대학을 설치하고, 사내 문학제, 한마음 행사, 독후감 쓰기, 독서토론회 등을 개최하고 있다. 준오헤어는 매월 첫째 월요일에 독서토론회를 실시하고, 한 달에 한 번 독후감을 제출한다. 현대오일 뱅크는 무녀리라는 독서회를 운영하며, '책&책', '가득채' 등 11개의 독서 클럽을 운영하고 있다. 인쿠르트는 임원회의를 할 때 독서 토론을 하며, 전 직원 1인당 1년에 10만 원의 도서구입비를 지원하고 있다.

이랜드는 '직장은 인생의 학교다'라는 모토* 하에 자연스러운 독서습관을 형성, 정착하고 있다. 이메이션 코리아는 매년 두 번 회사가 책을 구입해 바닥에 깔고, 직원에게 선착순으로 책을 고르게 하는 '북랠리(book rally)*'를 통해 직원들에게 도서구입비를 지원하고 있다.

금호아시아나그룹은 사내 자율문고를 설치 운영하고, 독서통신 교육을 하고 있다. 서린바이오 사이언스는 전 직원에게 1년에 40권을 의무적으로 독서하게 하며, 전 직원이

영업·마케팅·고객만족 등 12분야의 책을 읽도록 하고 있다. 현대산업개발은 다산윤리경영, 독서 통신 교육을 실시하고 있다. 안철수 연구소는 미니도서관을 설치하고, 승진시험 때에 독서를 반영하며, 도서관 관리시스템의 구축을 통하여 독서활동을 돕고 있다.

안국약품은 공부하는 회사로 이미지를 전환하고, 경영독서모임, 독서통신교육, 지식몰 등을 운영하고 있다. 동양생명은 독도사랑회, 독서아카데미 등을 운영하고 있다. 아주그룹은 책마을을 운영하고, 사이버도서관을 개설하였다. 리바트는 자발적으로 독후감을 제출하도록 유도하고, 직원에게 도서를 보급하며, 지식몰을 구축하여 운영하고 있다. 63city는 직원들의 휴게 공간으로 도서방을 운영하며, 사장이 매주 월요일 'CEO 메일'을 발송하며 독서활동에 주력하고 있다. ㈜태평양은 2001년부터 리딩스쿨(reading school)을 운영하고 있다.

㈜파이컴은 매월 전 직원에게 도서 1권을 배부하고, 독후감을 제출하면 상장과 상금을 지급하며 독서활동을 도와주고 있다. 온네트(OnNet)는 1년에 2회 북데이 행사를 하며, 전 직원이 회사에서 구입한 도서로, 매달 정해진 책을 읽고 토론한다.

교보문고는 기업에게 독서경영 서비스를 실시하고 있다. CGV는 독서선정위원회가 선정한 책을 읽고 독후감을 작성하고 있다. NDS(엔디에스솔루션)는 2005년 10월부터 매달 1회 독서토론회를 실시하며, 인트라넷을 통하여 독서 칼럼을 연재하고 있다.

동원 F&B는 직원에게 1년에 60만 원 상당 도서구입비를 지원하고 있다.

아주건설은 2004년 5월에 '책마을'이라는 사이버 도서관을 개설하고, 14개 계열사 직원들을 위한 1천여 권의 책을 관리하고 있다. 롯데닷컴은 연말에 직원들이 자신이 읽은 책을 사고파는 도서 바자회를 실시하고 있다.

독서경영에 관심이 많은 몇 분의 CEO를 소개하면 다음과 같다.

* **모토**: 살아 나가거나 일을 하는 데 있어서 표어나 신조 따위로 삼는 말
* **랠리**: 운동경기에서 양편의 타구가 계속 이어지는 일

1. 동양기전 조병호 회장

    동양기전 조병호 회장은 '독서경영' 실천가이다. 그의 경영 철학은 '독서경영'이다. 그는 늘 "책에 익숙해지지 않은 사람은 있어도, 독서를 싫어하는 사람은 없을 것이다"라고 말하곤 했다. 서울 신월동 동양기전 회장실의 책상 위에는 여기저기 책이 많이 쌓여 있다. 책 중에 '렉서스와 올리브나무'가 있다. 미국 뉴욕타임스 칼럼니스트인 토머스 프리드먼이 쓴 책이다. 그 책에는 '동양기전은 책 읽는 사람을 좋아 합니다'라는 글귀가 스탬프로 찍혀 있다.

    조 회장은 "세계화에 대해 잘 설명해 놓은 것 같아 마음에 들었던 책입니다. 저는 읽고 난 책은 다른 사람에게 나눠줍니다. 책은 쌓아두라고 있는 것이 아니라 필요한 사람이 읽으라고 있는 것이니까요"하고 말하였다.

    일주일에 2, 3권의 책을 읽는 다독(多讀)의 조 회장이지만 집에는 서재도 없다고 한다. 그 대신 회사에는 누구라도 책을 가지고 가서 읽을 수 있는 서가를 마련하였다. 그리고 직원들에게는 책값도 지원해 주고 있다.

    조 회장은 동양기전을 '독서경영'이라는 독특한 철학으로 이끌고 있다. 900여 명의 직원은 필독 도서를 포함해 의무적으로 1년에 적어도 4권의 책을 읽어야 한다. 독후감을 써 내고 독서 토론회도 갖는다. 사업장별로 '독서지도사'를 고용해 사원들의 책 읽기를 도와준다.

이와 같은 '독서경영'은 단순히 직원들에게 "책을 많이 읽자"고 독려하는 차원에 머무는 것이 아니다. 이 회사에서는 독서가 승진과 연결된다. 독서 논문과 독후감을 제출해 심사를 통과해야만 승진할 수 있다. 사원을 채용하는 데에도 독서는 예외 없는 심사조항이다. 입사 지원자는 면접 전에 미리 나눠준 책을 읽고 독후감을 제출해야 한다. 올해 입사 지원자들에게도 책 500권을 나누어 주었다. 조 회장은 "입사하지 못해도 책 한 권은 읽은 것이니 괜찮지 않느냐"며 자신 있게 말하였다.

처음 독서를 회사 운영에 도입했을 때만 해도 사원들 사이에서 '뭐 이런 걸……' 하는 반응이 있었어요. 하지만 한 번 책의 재미에 빠지게 되면 독서를 싫어하는 사람은 아무도 없습니다.

독서가 독특한 사풍으로 자리 잡게 된 것은 1991년 사내에 '독서대학'을 설치하면서부터. 4년 과정인 독서대학은 2주에 1권씩 4년간 100권의 책을 읽고 독후감을 제출하는 '빡빡한' 일정으로 진행됐다. 각종 독서 관련 토론회와 강연에 참여하는 것은 기본. 8학기 과정을 마치면 논문을 제출해야 졸업할 수 있는데, 첫 4년간 10명이 졸업하고 179명이 수료했다.

독서대학이 성공적으로 마무리되자 조 회장은 아예 '독서경영'을 기업 이념으로 내걸었다. 전 사원이 독서하는 분위기를 만들기 위해서다.

"업무상 외국 출장이 잦아요. 그런데 선진국 국민들을 보면서 느낀 점이 있었어요. 어디를 가더라도 책을 들고 다닌다는 거죠. 특히 일본에서는 지하철을 타면 누구나 책을 읽더군요. 사원의 지식과 교양수준을 높이는 것이 결국 회사가 성공하는 길이라고 믿게 됐습니다. 그게 바로 제가 독서를 권장하게 된 계기입니다."

조 회장은 '대외활동'도 독서와 연관된다. 그는 'ㅇㅇㅇ독서 지도 봉사단'의 단장도 맡고 있다. 1996년 창단한 ㅇㅇㅇ독서 지도 봉사단은 소외계층 어린이와 청소년들에게 책을 나눠 주고 독후감, 토론 등의 독후 활동을 진행하는 민간 봉사단체다. 활동 범위를 재소자와 중국 옌벤까지 넓히기도 했다. 현재 단원은 120여 명, 후원 회원은 130여 명이다. 봉사단 활동을 하면서도 조 회장은 고민이 많았다.

"많은 일을 하고, 많은 행사를 갖고 싶어도 개인이나 일부 회원의 힘만으로 하기에는 제약이 많습니다. 더 많은 후원이 필요합니다. 제도 개선도 필요하고요. 당국에서는 '도서를 기부금으로 본 전례가 없다'며 후원금을 기부금으로 인정하려고 하지 않더군요."

그의 본업은 사업가지만, 관심거리와 걱정거리는 회사 안팎에서 늘 독서에 머문다. 이쯤 되면 그를 '독서 전도사'로 불러도 좋겠다. 그는 1997년 제3회 독서문화상 대통령상을 수상하였다. 그는 독서경영자이다.

93

2. 교보문고 김성룡 대표

  김성룡 교보문고 대표는 상무 때부터 기업에 책·정보 서비스 '독서경영 전도사'이다. 그는 "책은 다른 어떤 매체보다도 사람의 의식 변화에 커다란 영향을 미친다. 우리 사회의 화두가 된 '지식경영'을 실천하기 위해서라도 그 지식의 원천인 책을 가까이해야 한다. 그래서 국내 최대의 독서 인프라를 구축하고 있는 교보문고가 각 기업체들이 독서경영을 할 수 있도록 독서경영 서비스를 하게 되었다"라고 강조하였다.

  기업체에 독서경영 솔루션을 제공하는 '독서경영'의 전도사 교보문고 김성룡 대표는 서점에서 직접 소비자에게 봉사하여 책에 대한 노하우를 기업체에 전수하느라고 무척이나 바쁜 일과이다. "교보문고의 '독서경영서비스'는 기업체의 인적자원과 조직의 지식경쟁력을 제고하는 경영수단"이라고 강조하는 김 대표는 독서경영서비스를 위해 교보문고가 풍부한 도서정보와 고급정보를 보유하고 있다고 말한다. 우선 국내 도서 30여 만 종 400여 만 권과 해외 도서 20여 만 종 100여 만 권의 도서를 비롯해 국내외 학술논문, 온라인 스트리밍 교육방식을 통한 휴넷 e-MBA과정, 맞춤형 Biz-Book뉴스레터 등을 기업에 제공하고 있다. 독서는 간접체험의 기회를 제공함으로써 인생의 많은 문제를 해결할 수 있는 지식과 능력을 배양해 주고, 바로 21세기 지식사회의 요건인 창조형 인간도 독서를 통한 자기계발에서 나오는 것이라고 주장하였다.

교보문고는 기업체에 독서경영을 서비스하기 위해 새로운 서비스 모델을 개발했다. 기업체가 교보문고와 독서경영 서비스를 계약하게 되면 기업 인트라넷에 웹사이트를 링크, 교보문고는 개인별로 크레딧을 제공하고 사원이 도서를 구매하면 월 단위로 구입총액을 확인하여 계산서를 발행함으로써 기업체가 결제하게 하는 시스템이다.

교보문고의 독서경영서비스는 한국투자증권, 은행 등의 금융권, 기업체를 비롯해 독서경영과 지식경영에 관심이 많은 대기업을 중심으로 많은 관심과 호응을 얻고 있다. 기업의 경쟁력 강화의 핵심으로 떠오르고 있는 독서경영. '독서경영 전도사'로 나선 김성룡 대표의 발걸음에 우리 기업들의 경쟁력이 달려있다고 해도 과언이 아니다.

휴가 줄 테니 책 읽어라. 그가 직원들과 소통하는 또 다른 통로는 책이다. 회의 때마다 업무에 도움이 되는 책을 추천하고 독자와 유관단체 담당자들에게도 도움이 될 만한 도서를 권한다. '독서휴가'를 업계 최초로 도입했으며 전 직원에게 독서장려금도 준다. 회사 내 독서토론회와 팀장급 독서토론회, '독서코치'와 '북 마스터' 제도 등 다양한 독서경영 시스템도 가동하고 있다.

그는 책벌레답게 자동차 안이나 일상 주변에 항상 책을 갖다 놓고 이동할 때나 개인 활동 등 자투리 시간에 읽는다. 경기도 파주 헤이리에 있는 자택에도 조그만 북카페 형식의 서재를 마련해 놓고 독서삼매경에 자주 빠진다.

매일경제와 매년 베스트 북 선정 작업을 함께하는 김성룡 교보문고 대표는 가장 흥미롭게 읽은 책으로 '생각하지 않는 사람들'(니콜라스 카)을 제시하였다.

김 대표는 독서 환경에서 전자책이 기여하는 바가 클 것이라고 내다봤다. 비독서 인구를 서점 앞으로 끌어들이는 데 전자책만큼 좋은 도구는 없다는 것이다. 김 대표는 '독서력이 곧 국력'이라 믿는 사람이기에 독서문화 개선을 위해 늘 고심하고 있다. 특히 창의성과 혁신을 강조하는 조직생활에서 개인의 독서가 미치는 영향은 매우 크다는 것이다.

김성룡 대표에게 '책은 꿈'이라고 한다. '책은 삶의 등대이고 인생의 내비게이터이다. 책은 우리들에게 가야 할 방향을 제시해 준다'고 강조한다.

3. 삼성 SDS 김 인 사장

독서를 통해 하나 됨을 꿈꾸는 삼성 SDS는 사람을 중요시 하는 회사이다.

'나부터 책을 읽자, 우리 가족, 친구부터 독서에 동참시키자. 책을 가까이 하는 문화를 만드는데 우리가 먼저 앞장서자. 그리하여 모두 행복하고 여유로운 삶을 영위하자.' 이것이 바로 삼성 SDS가 꿈꾸는 미래의 모습이다. 삼성 SDS 사원들은 오늘도 책을 펼치고 있다.

김 인 사장은 '독서는 합리적인 사고를 형성하게 한다. 전인 교육을 통하여 주인의식을 함양하여 준다. 사내 토론 문화를 활성화 하게 하고, 노사 화합 분위기 조성에도 크게 기여한다' 는 철학을 가지고 있다. 또한 '독서는 기업경영에 큰 역할을 하기 때문에, 책 읽기 문화를 기업 문화의 하나로 확대하고 정착시킬 예정'이라고 한다. 그는 평생교육의 일환으로 독서, 토론문화를, 경영 방식으로는 소통·독서·도보의 3가지를 강조하였다.

김 사장은 취임 초 집무실 공간을 줄여 '열린 경영실'을 만들었다. 열린 경영실은 임직원은 물론 외부고객과 언제든 만나서 토론할 수 있는 공간이다. 당시 김 사장은 삼성SDS 임직원들에게 '만 명에 가까운 직원들과 소통하기 위해 끊임없이 노력하는 CEO'라는 평가를 받았다. 김 사장이 이런 평가를 받은 것은 '월요편지' '경영노트' 등 소통경영을 지속적으로 펼

97

친 결과였다. 취임 초부터 회사 경영뿐만 아니라 인생 선배로서의 충고나 좋은 글귀 등을 국내외 현장에 있는 임직원들과 나누기 위해 매주 보내기 시작한 김 사장의 '월요편지'는 그 영향이 매우 컸다. 독서는 김 사장의 대표적인 경영 방식이다. 김 사장은 바쁜 일정을 소화하면서도 매월에 에세이 · 시집 · 경영서적 등 20여 권의 책을 읽었다. 이 중 4~5권 정도는 정독을 하였다.

김 사장은 '독서는 삶의 나침판'이라며 직원들과 주위 사람들에게도 적극적으로 독서를 권하고 책을 선물하였다. 김 사장에게 독서는 중요한 결정을 내리고 사업 아이디어를 얻는 데 중요한 도구인 셈이었다.

삼성 SDS의 독서문화를 확산하는 또 다른 숨은 공신은 사보 '사람@꿈' 다양한 코너를 두어 책 읽기를 유도하고 있다. '이 한 권의 책'을 통해 사장 및 임원들이 추천하는 도서를 소개하고, '자유문예'를 통해 직원들의 다양한 글쓰기를 선보이며, 연중 독후감 콘테스트를 실시하고 수상작을 실음으로써, 임직원 및 가족들의 독서 의욕을 고취시켰다. '이 한 권의 책'에 소개된 책은 경영 이론서, 소설, 에세이, 시집까지 그 종류가 다양했다.

삼성 SDS에 독서 바람을 일으킨 이는, 바로 김 인 사장이다. 그는 자타가 공인하는 독서 예찬론자이다. 매주 임직원들에게 발송하는 'CEO의 월요편지'를 통해 사내에 독서 문화를 일으키는 데 앞장섰다.

그는 지인들에게 책을 선물하는 것을 좋아한다. 직원들에게도 상반기, 하반기 일 년에 두 차례씩 책을 선물한다. 부모와 자녀가 매일 30분씩 책을 읽음으로써 대화가 있는 건강한 가정을 만들 수 있으며, 어린이와 청소년들은 폭넓은 지식과 토론 능력, 표현력, 사회성을 직장인들은 회사 생활에서 경험하게 되는 전문적 · 제한적인 사고의 범위에서 벗어나 보다 폭넓게 사고할 수 있는 기회를 마련할 수 있다는 것이다.

또한 사내 '가족 독서 신문 콘테스트'를 대대적으로 실시하였다. '한 달에 한 번 독서 활동 내용을 정리하여 가족 독서 신문을 만듭시다!'라는 모토로 전개된 가족 독서신문은 해가 지날수록 좋은 반응을 얻었다. 참가 작품도 꾸준히 늘었고, 기발한 아이디어, 색다른 구성 등을 선보인 창의적인 작품들도 많았다.

어떤 이는 책을 곁에 둔 사람보다 행복한 사람은 없을 것이라고 한다. 사람으로 채울 수 없는 가슴을 양서가 채워 줄 것이라고도 하고, 책이야말로 사람을 키우고, 운명을 바꾸고, 사람을 변화시킨다고 주장한다.

독서는 위대한 사람들과의 대화를 통해 삶의 지혜를 얻는 가장 좋은 방법이다. 자신을 닦아감으로써 원숙한 인간으로 나아가는 길이며, 평생교육의 기본이다. 끊임없이 이루어져야 한다는 점에서 어찌 보면 독서는 인생과도 같다.

'나부터 독서하자. 가족, 친구를 독서에 동참시키자. 책을 가까이 하는 문화를 만들자. 그리하여 모두 행복하고 여유로운

삶을 영위하자.' 이것이 바로 삼성 SDS가 꿈꾸는 미래의 모습
이다. 책을 가까이한 사람은 뭔가 다르다. 생각이 편향되지 않
고 폭이 넓어진다. 인간적으로 보다 더 성숙되어 있다. 이렇듯
독서는 사람의 성격을 형성하는 데 아주 중요한 역할을 한다.

　삶이 자기 경험의 정도라고 할 때, 책을 통해 우리는 보다
많은 삶의 경험들을 제공받을 수 있다. 운동을 통해 에너지를
얻고, 그 에너지가 삶을 윤택하게 하는 것과 마찬가지이다.

　단순히 그냥 사는 것이 아니라, 재미있게 사는 것이 삶의 본
질이라면, 정신적인 풍요를 느끼며 사는 것이 삶의 최선이라
면, 우리는 책을 통해 그러한 방법을 배울 수 있다.

4. 서린 바이오사이언스 황을문 대표

BT(생명공학)분야 대표 기업 서린 바이오사이언스의 자랑
은 '독서발췌일기'이다. 이 회사는 CEO의 리더십과 혁신적 활
동, 학습조직 실천과 창조적 경영, 재무건전성과 CRS(사회적
책임경영) 수행성, 비전과 사명의 방향성, 일관성 등 4가지 항
목으로 평가한 결과 '혁신적 중소기업우수혁신상'으로 선정
된 기업이다.

서린 바이오사이언스가 유명한 것은 15년이 넘게 독서경
영을 해오고 있기 때문이다. 매년 6월 사장과 임원, 영업 생산
등 5개 부서장이 선정한 직급별 필독서 12권을 발표한다. 경
영과 마케팅 등 다양한 분야에 걸쳐 각 직급별로 읽어야 할 책
이 다르게 선정된다. 전 임직원은 다음해 6월까지 목록으로
제시된 책을 매달 한 권씩 읽어야 하는데, 단지 읽기만 하는
게 아니라 업무에서 어떻게 활용할지 생각한 내용을 '다오넷'
이라는 인트라넷에 올려야 한다. 이러한 '독서발췌일기' 외에
도 책을 읽으면서 행동으로 옮길 수 있다고 생각하는 한 단어,
한 문장을 '원 포인트 레슨'으로 적어낸다.

이 회사의 신입사원은 입사 후 3개월간 필독서 12권을 집중
적으로 읽어야 한다. 이를테면 1주일에 한 권의 책을 읽어야
하는 것이다. 한 달에 한 권도 읽기 힘들었을 신입사원들에게
는 어려운 일이겠지만 인사고과에 반영되기 때문에 읽어야
한다. 그러나 황을문 대표는 독후감을 쓰라고 권하지 않는다.

그러나 읽은 책의 '독서발췌일기'를 쓰라고 한다. '독서발췌일기'란 책을 읽을 때 중요한 부분에 밑줄을 긋고 책을 다 읽은 뒤 그 부분만을 다시 옮겨 적는 것을 말한다.

황 대표는 "밑줄을 그으면서 읽으면 저자로부터 '원 포인트 레슨'을 받는 것"이라고 말한다. 그는 "저자가 책을 한 권 쓰려면 최소한 25년의 경험이 필요하다"면서 "한 달에 네 권의 책을 읽으면 100년의 경험을 간접 체험하게 되는 것"이라고 주장한다. 이렇게 1년을 독서하면 1200년의 경험을 얻는다는 것이 그의 지론이다.

직원들에게만 독서를 권장하는 것이 아니라, 황 대표 스스로가 한 달에 책을 10권 이상 읽는 '독서광'이다. 퇴근 후 집에서 독서를 하기 위해 저녁 식사 약속을 가급적 잡지 않는다는 것이 20년 넘게 지켜 온 원칙이다. 황을문 대표는 론다 번의 『시크릿』을 추천한다. 삶의 성공열쇠가 이 책에 들어있다는 것이다.

황 대표는 "많은 회사들이 독서경영을 하고 있는데, 왜 기업들이 독서경영을 할까? 그것은 바로 '변화' 때문이다. 그런데 변화는 단순히 나를 바꾸는 것이 아니라 '나를 알아차리는 것'이다. 나라는 존재가 얼마나 가치 있는지를 깨닫게 되면 스스로 변화하게 된다. 우리는 독서를 통해 간접경험을 할 수 있으며, 이를 통해 변화는 자연히 이루어지게 된다. 작은 회사가 생존할 수 있는 길은 남들이 하지 않는 창조경영이고 창조경영은 책을 통해 가능하다고 생각했다. 그래서 우리 회사는 독서경영을 해왔다. 책은 모든 지식과 창조를 위한 보고이다. 샐러리맨 시절부터 지금까지 제가 3천 권 이상의 책을 읽은 것이 독서경영의 밑거름이 되어주었다"는 철학을 가지고 있다.

황 대표의 자택 거실은 작은 도서관이다. 책장에는 책이 가득하고, 소파가 사라진 자리를 차지한 탁자 위에는 책이 쌓여있다. 어느 날 거실을 서재로 꾸민 뒤로 찾아온 변화는 가족 모두가 스스로 책을 읽기 시작했다는 사실이다. 저녁식사 후 온 가족이 탁자 주위에 앉아 책을 읽는 풍경. 그것이야말로 '문화 패밀리'의 모습이 아닐까?

황을문 대표는 생명공학 볼모의 한국에 국가를 대표하는 인프라 바이오 그룹으로 회사를 키웠다는 칭찬보다 독서를 회사의 문화로 정착시켰다는 칭찬이 더 즐겁다고 한다. 그를 통하여 '읽는 만큼 보인다'는 말을 생각해 본다.

103

5. 현대오일뱅크 서영태 사장

'투명경영, 독서경영, 현장경영'은 현대오일뱅크의 경영을 표현하는 수식어이다. 서 사장의 노력은 현대오일의 3가지 경영에서 볼 수 있다. 그의 '독서경영'은 임직원들에게 전달하고 싶은 메시지를 책을 통해 전달하며 공감대를 형성하였다.

서영태 사장의 '독서경영'은 이미 정평이 나 있다. 책을 읽고, 토론을 하다 보면 막혔던 의사소통의 벽이 무너진다. 소통을 중요시 하는 서 사장의 평소 철학이다. 현대오일뱅크는 주 5일 근무로 개인 시간이 늘어난 만큼 직원 개개인의 발전을 위해 '독서경영'을 기업문화로 확대 정착시키고 있다.

서 사장이 처음 권한 책은 '래리 보시디'가 저술한 『실행에 집중하라』라는 책이다. 이 책은 현대오일뱅크 사내 독서클럽인 '무녀리'가 선정한 도서로 '기업의 성공을 위해서는 전략과 프로세스도 중요하지만 가장 중요한 것은 바로 실행력'이라는 책의 주제가 서 사장의 경영철학과 맞아 '독서경영'의 첫 단추 역할을 했다.

서 사장은 80명의 팀장들에게 독후감 과제를 내며 반드시 실행력을 현재 맡은 업무에 적용시켜 나가야 한다고 강조했다. 서 사장은 "임직원들이 똑똑해야 회사 경쟁력도 커진다"며 "독서는 개인의 합리적인 사고 형성과 토론 문화 활성화에도 큰 도움을 주어 기업문화형성으로 이어질 것"이라고 말했다.

우리나라 성인의 연평균 독서량은 10권, 한 달에 채 한 권도

안 되는 셈이다. 그러나 근래 일부 기업에서는 직원들의 경쟁력을 높이기 위해 회사에 도서관을 만드는가 하면 필독서를 읽지 않으면 승진하기도 힘들게 하고 있다.

입사 7년차인 어떤 대리는 점심식사를 마치면 곧바로 1층 로비에 마련된 휴게실을 찾아 책을 읽는다. 다 읽은 책의 목록과 내용은 물론 자신의 분석까지 곁들여 컴퓨터 파일에 정리를 한다.

현대오일뱅크의 '무녀리'는 자랑스런 모임이다. 이 회사에 책 읽기 바람을 퍼뜨린 주인공이다. 무녀리란 한배에서 태어난 여러 마리의 짐승 새끼 중에서 맨 먼저 태어난 녀석을 가리킨다. 경영혁신팀장은 "무녀리는 본디말이 '문(門)열이'로, '처음 시작한다'는 뜻"이라며 "책이야말로 사람이 세상과 소통하기 시작하는 수단"이라고 말했다.

'무녀리' 회원들은 한 달 평균 2권씩, 1년에 25권을 읽는 게 이들의 목표이다. 무녀리 출범 1년여 만에 '책&첵(Check)' 등 팀 · 본부별로 각종 독서클럽이 생겨났다. 독서 문화를 확산시킨다는 취지로 지난해부터 임원 · 부장 · 차장 150여 명을 대상으로 상 · 하반기에 각각 한 번씩 독서 경진 대회를 열어 우수 독후감 작성자에게 시상을 하였다.

사내 독서클럽 '무녀리'의 회원으로 참여하고 있는 서영태 사장은, 최근 독서클럽 선정 도서인 『실행에 집중하라』를 읽은 뒤, 자신의 경영철학을 잘 대변한 책이라는 생각에 팀장급 이상 모든 직원들에게 이 책을 선물했다. 『실행에 집중하라』

105

는 책 제목에서도 알 수 있듯 기업이 성공하기 위해서는 전략과 프로세스도 중요하지만 가장 중요한 것은 바로 실행력이라는 것이다. 평소 직원의 경쟁력이 회사의 경쟁력이라 생각해온 서 사장의 독서경영은 책 선물에 그치지 않았다. 책을 읽고 난 후 소감을 독후감으로 제출하면 우수 독후감을 뽑아 상품까지 주었다.

같은 책을 함께 읽으면 대화의 소재를 공유할 수 있고, 공유하여 얻게 된 지식과 정보를 업무에 적용시킬 수 있는 것이다.

현대오일뱅크 서울사무소 휴게실에서는 담배 피우는 직원 대신 책 읽는 직원들 모습을 볼 수 있다. 휴게실 3곳에 각각 200~300권의 책이 있는 자율문고가 있다. 직원들이 자율적으로 기증한 책이다. 책을 대출하고 정해진 기일 내에 갖다 놓는 것도 직원 스스로의 몫이다.

"차에 기름을 가득 채우듯, 독서를 통해 경쟁력을 채운다"고 한다. 현대오일뱅크에는 책을 읽고 토론을 하는 크고 작은 모임이 10여 개 있다. 모두 직원들 스스로 만들었다. 서영태 사장은 이 중 2곳에 가입해 있다. 현대오일뱅크에서 가장 대표적인 독서토론 모임인 '무녀리'와 임원들로 구성된 모임인 '가득채'이다.

현대오일뱅크에서 독서는 단순한 취미 활동을 넘어 경영에 직접 반영이 되기도 한다. 지난번에는 무녀리가 『마케팅의 10가지 치명적 실수』를 읽고 토론을 벌였다. 마케팅 담당 부서도 참여했는데, '마케팅을 할 때에는 경제성 못지않게 신뢰가 중요하다' 등의 결론을 냈고, 이것은 이 회사 마케팅 활동의 주요 원칙이 되기도 하였다.

경영혁신부문 어느 상무는 "독서를 통한 간접 경험은 올바른 의사 결정과 생산성 향상의 밑거름이 된다. 임직원의 역량 향상에도 큰 도움이 된다"고 하였다. 서영태 사장은 "지식의 사이클이 빨라질수록 독서를 통해 새로운 지식을 보충하는 게 필수적"이라며 "독서는 경영 혁신을 위한 가장 좋은 수단"이라고 강조하였다.

6. 기업은행 김종창 행장

기업은행 김종창 행장의 철학 중의 하나는 "경쟁력은 책에서 나온다"이다. 김 행장의 '독서경영'이 관심을 끌고 있다. 그는 자신이 직접 읽은 책 가운데 직원에 추천할 만한 책을 각 지점에 1권씩 보내고 있다.

기업은행 직원들은 행장이 권한 책을 읽고 사내 망을 통하여 소감을 밝히거나 자신의 사례를 예시하는 등 뜨거운 반응을 보이고 있다.

그동안 김 행장이 권한 책으로『경호』,『누가 내 치즈를 옮겼을까』,『펄떡이는 물고기처럼』,『열광하는 팬』,『그대 스스로를 고용하라』등 10여 권에 달한다. 이들 책은 대부분 직원들의 의식개혁과 변화를 유도하는 내용들이다. 책을 읽고 직원들 간에는 자발적으로 기업은행을 활력 있는 조직을 만들자는 분위기가 돌고 있다는 것이다.

기업은행 관계자는 "김 행장이 독서를 강조하는 것은 임직원들의 정신무장을 새롭게 하고 비즈니스 마인드를 높여 업무효율을 증대시키기 위해 독서경영을 시도하고 있다"고 말했다. 또 "조직원의 지적능력이 곧 기업 경쟁력으로 직결된다는 전제 하에 강요가 아닌 임직원들의 자발적인 참여를 유도하고 있다"고 하였다.

『경호』를 읽고 사내 망에 글을 올린다는 을지 6가 지점 여계장은 "어린아이만 칭찬을 좋아하는 것이 아니다"면서 "지금 서로가 서로에게 하는 응원 격려가 가장 필요한 때로 팀별로 경호 조직을 만들어 보자"고 제안하기도 하였다.

김 행장이 추천하는 『펄떡이는 물고기처럼』이 어떤 책인가 호기심에 읽어봤다는 종합기획부 곽 대리는 "사무실 문을 나서는 순간 다시 출근할 내일이 기다려지는 그러한 아름다운 직장이 바로 우리 기업은행이었으면 한다"고 말하였다.

평소 행원들에게 책 읽기를 권장해온 김종창 기업은행장이 올해 설날 선물로 임직원들에게 스펜서 존슨이 쓴 『선물 (The Present)』이라는 책을 보냈다.

김 행장은 "'선물'은 과거를 돌아보면서 소중한 교훈을 배우고 현재 일어나고 있는 일에 역량을 집중하되 옳은 것에 관심을 쏟으며 멋진 미래를 계획하고 이를 행동으로 옮기는 삶을 강조하고 있다"고 소개하고, 직원들이 현 시점에서 우리의 역량을 집중해야 할 일이 무엇인지를 발견하길 바란다고 강조하였다.

김 행장은 은행 경영의 한 축을 담당하고 있는 부점장을 비롯한 간부 직원에게 이 책을 읽기를 권장하면서, 기업은행을 최고의 은행으로 만들어 가는데 선구적인 역할을 담당하자. 그리고 개인적으로도 성공적인 삶을 누리는 한 해가 되자고 역설하였다.

김 행장은 2000년 취임하자마자 스펜서 존슨의 『누가 내 치즈를 옮겼을까?』를 권장도서로 추천, 은행권에 '독서경영'이라는 신조어를 만들었다.

109

특히 그가 추천한 책 중에는 『펄떡이는 물고기처럼』, 『열광하는 팬』, 『겅호』, 『How to become CEO』, 『탁월한 CEO가 되기 위한 4가지 원칙』, 『CEO가 빠지기 쉬운 5가지 유혹』, 『How to become a great boss』, 『Good To Great』, 『당신의 박수가 한 번 더 필요합니다』, 『웰치의 리더십 핸드북』 등이 있다.

7. 이랜드 박성수 회장

아침 7시면 이랜드 본사 직원 대부분 출근한다. 직원들은 출근과 동시에 책상에 앉아 독서 삼매경에 빠져든다. 이런 도서관 풍경은 정상근무 시작인 오전 9시까지 1시간 30분 이상 계속된다.

'이랜드그룹(E-land)'의 본사는 마치 대학 도서관을 방불케 한다. 이랜드는 다양한 경영스타일이 있지만, 그 중에서도 자랑스러운 것은 '독서경영'이다. 회사에서 독서는 권장사항이 아니라, 필수다. 책 읽기 싫으면 회사를 떠나야 한다는 것이 이 회사에서는 상식이다. 지식을 최대 자산으로 여기는 이랜드 경영의 핵심 축인 것이다.

이랜드 그룹의 박성수 회장은 그 자신이 독서광이다. 그는 매일 새벽 4시에 출근해서 일과 시작 전까지 독서를 한다. 직원들에게 책을 열심히 읽도록 하는 것은 첫째, 자신을 위해서이고, 둘째, 회사를 위해서라고 강조하였다.

박성수 회장은 지난 1980년 회사를 창업할 때부터 사원들에게 '책 선물하기' 운동을 펼쳐왔다. 그는 점심이나 저녁식사를 대접하는 대신 책을 선물하였다. 결혼식 때도 축의금 대신에 책을 선물할 때가 많았다.

박성수 회장은 "책은 호기심이 떨어지기 전. 즉 3일 내에 끝내야 한다. 그렇지 않으면 중간 정도에서 접힌 채 영원히 읽히지 못할지 모른다. 가능하면 감수성이 쇠퇴하기 전, 40세 전에 많이 읽어야 한다. 책 읽을 시간이 없다고 하지만, 점심시간만 절약해서 읽어도 1년에 25권을 읽을 수 있다"고 하는 확실한 철학을 가지고 있다.

'시간이 없어서 책을 읽지 못하는 사람은 시간이 있어도 책을 읽지 못한다'는 말이 있다. 박성수 회장도 "책을 읽지 못하는 것은 시간이 없어서가 아니라. 마음이 없어서"라고 말했다. 박 회장은 직장인이 독서를 해야 하는 이유를 첫째, 전문가가 되기 위해서 둘째, 자극을 받기 위해서 셋째, 지식을 얻기 위해서 넷째, 새로운 아이디어를 얻기 위해서라고 하였다.

이랜드의 독서경영은 책 몇 권 읽어서 교양을 갖추는 그런 수준이 아니었다. 책을 읽지 않으면 회사 생활이 불가능할 정도의 독서이다. 이랜드의 직원들은 일과 시작 전에 필독서를 읽는 시간을 갖는다. 그리고 계열사 대표와 임원들이 매주 책한 권씩을 선정해 학습하고 있다. 또 일반 직원들은 부서별로 1박 2일 코스의 독서야유회를 떠나 학습 과제로 선정된 책을 놓고 토론을 벌인다. 이랜드는 경영과 실무 교육 등에 관련된 도서목록을 자체적으로 만들어 사내 직원들에게 배포하였다. 300권 정도의 필독서 목록은 중요도에 따라 A-D까지 4등급, 수준에 따라 초, 중, 고급의 3등급으로 분류되어 있고, 주제에 따라 '마케팅·세계화·전략·혁신·리더십·지식 자산' 등으로 분류되어 있다. 이 책을 3년 내 다 읽어야 한다. 도서목록은 처음엔 박성수 회장이 직접 작성했지만 근래 '좋은 책 선정위원회'를 구성해 체계적으로 선정하고 있다.

박 회장은 "지식이 곧 상품이다"라고 하였다. 박 회장의 신념은 확실하다. 지식은 오직 독서를 통해서 얻어진다고 믿었다. 박 회장은 '정보'와 '지식'을 구분하여 사용한다. "정보는 세상에 널려 있는 수많은 재료들일 뿐이다. 정보는 그 자체로는 특별한 능력을 나타내기 어렵다. 이런 정보를 읽어 내 것으로 만들었을 때, 생산성 있는 정보, 즉 지식이 되는 것이다. 이런 지식만이 새로운 가치를 창출해 낼 수 있다"라고 주장하였다.

박성수 회장은 독서를 통해서 인간의 가장 실질적인 문제인 경제 활동 능력을 향상시킬 수 있음을 체험적으로 보여 주었고, 책을 한 권 읽은 사람은 두 권 읽은 사람을 이길 수 없다고 강조하였다.

박성수 회장은 새벽 4시에 하루 일과를 책과 함께 시작한다. 독서해야 함을 다음과 같이 제시하고 있다.

첫째, 지금의 나와 달라지고 싶다면 책을 읽어라.

둘째, 아이이디어가 필요하다면 책을 읽어라.

셋째, 자기중심적 사고에서 벗어나려 한다면 책을 읽어라.

넷째, 승진하기를 원한다면 책을 읽어라.

다섯째, 잘난 척하려거든 책을 읽어라.

8. 금호아시아나 그룹 박삼구 회장

독서경영은 CEO 개인의 학습이나 직원들의 경쟁력 제고에서 그치지 않는다. 금호아시아나그룹은 본사 1층에는 일반인도 이용할 수 있는 자율문고를 설치해 놓고 있다.

금호아시아나그룹은 본사 1층 출입문 옆에 '자율문고'를 열었다. 2,000여 권의 책이 구비된 문고는 임직원은 물론 일반인들도 누구나 마음껏 빌려 갈 수 있다. "해외 선진국들에는 동네마다 자율문고가 있어 보기가 좋았다. 책을 마음껏 읽고 기증하는 문화를 만들어보자"는 박성용 명예회장의 제안으로 이뤄졌다.

회사 측은 더 큰 규모의 자율문고를 세울 계획이다. 계열사인 금호생명은 독서통신교육을 실시 중이다.

사내 문고서 대출하고 반납하고 직원 마음대로 한다. 문학, 예술, 어학, 역사, 종교, 철학, 아동도서 등 종류도 다양하다. 이렇게 '열린' 운영방침 때문에 오히려 최근에는 사내 임직원뿐 아니라 일반인의 자발적인 기증도 활발하다.

금호아시아나빌딩 사옥을 방문한 어느 일반 고객은 '자율문고'를 이용해본 뒤 소설과 수필 등 책을 도서관으로 보내오기도 했다. 이래저래 지금까지 임직원과 일반인이 기증한 책을 합치면 모두 3만 6천여 권에 이른다.

현재 보유 장서는 회사 도서관으로서는 수준급이다. 회사 측은 도서(3만 6,000여권), 교양 비디오 테이프(DVD 포함

1,000여 개), 클래식 CD(3,000여 장) 등을 대출해 주고 있으며 임직원들이 내부에서 공부할 수 있도록 분위기도 만들었다.

하루 평균 대출되는 도서나 음반은 115권 정도다. 홍보팀장은 "어느 회사보다 이용 절차가 간편하고 대출이 쉬워 직원들 옆에 진정으로 가까이 다가선 도서관이라는 점이 특징"이라고 말했다.

박 회장은 글쓰기 매력에 '푹' 빠지기도 한다. 직원들에게 보내는 e메일(편지)은 흔하다. 대기업 총수들도 'e메일 경영'에 나설 정도다. 말보다 글이 효과 높기 때문이다. 특히 박삼구 금호아시아나 회장은 e메일을 통해 경영메시지를 전달하고 있다. 대외커뮤니케이션 수단으로 e메일을 활용하는 경우도 있다. 외부고객이나 지인들에게 편지를 보내 자사 제품을 홍보한다. 박삼구 회장의 독서경영은 'CEO 브랜드 마케팅'으로 보아도 좋을 것 같다.

115

9. 하나금융그룹 김정태 회장

하나금융그룹 김정태 회장은 소통을 위해 '독서경영'이 필요하다고 강조하였다.

김 회장의 '독서경영'이 기업에서 주목을 받고 있다. 책 읽기와 명상을 습관화 해 마음을 가다듬고, 업무에도 창의적인 아이디어를 적용하자는 김 회장의 뜻이 반영된 것이다.

김 회장은 최근 임원 회의에서 예정에 없던 시를 읊었다. "내려갈 때 보았네, 올라갈 때 못 본 그 꽃" '그 꽃'이라는 고은의 시를 읊으며, 임원들에게 문사철과 인문학적 소양을 강조했다고 하였다.

김 회장은 그간 '굿모닝 하나', '소통 리더십과정' 등 임직원들과의 대화의 자리에서 줄곧 독서와 명상을 강조해 왔다. 이에 따라 지난달에는 아예 본사 로비 내에 작은 도서관을 만들고, 서로 감명 깊게 읽었던 책에 대한 느낌을 공유하는 장을 마련하였다.

'하나 열린 도서관'이라는 이름의 이 책장에는 직원들이 본인들이 읽었던 책을 자유롭게 기증할 수 있다. 서로 돌려보는 것도 자유로우며, 일정 기간이 지난 책들은 지역 도서관 등에 기부된다.

김정태 하나금융그룹 회장은 소통경영에 박차를 가하고 있다. 김 회장은 임직원을 대상으로 '소통' 강연회를 열었다. 김정태 회장의 경영철학은 '건강과 행복'이다.

지난해에 건강한 개인과 조직의 출발점으로서 '감사' 교육을 실시한 데 이어, 올해는 '행복, 소통, 실행'이라는 주제로 총 3차에 걸친 강연회를 실시하고 있다. 강연회는 계속하여 그룹 소속 관계사 임직원들을 대상으로도 이어질 예정이다.

'공감적 소통과 팔로어십'이라는 주제로 진행된 강연에서 김 회장은 "상대방과 공감하는 소통을 위해서 경청, 올바른 언어표현, 상대방 이해가 잘 습관화 돼야 한다"며 "특히 '시'를 통해서 시인처럼 대상에게 감정 이입하는 연습으로 상대에 대한 공감능력을 키울 수 있다"고 당부했다.

김 회장은 2012년에는 걷고 기부하기, 감사 운동, 5분 명상 특히 10분 독서운동을 강조한 바 있다.

117

10. 롯데그룹 신동빈 회장

신동빈 회장은 연초에 롯데 계열사의 팀장급 직원 2천여 명에게 『리버스 이노베이션(Reverse Innovation)』이라는 책을 선물했다. '아시아 TOP 10 글로벌 그룹'을 목표로 아시아와 세계 시장 공략에 힘을 쏟고 있는 롯데의 현 시점에서 『리버스 이노베이션』이 시사점을 주고 있기 때문이다.

『리버스 이노베이션』은 혁신 전문가인 고빈다라잔 교수가 역혁신(Reverse Innovation) 이론을 설명하고 실제로 역혁신을 도입해서 성공한 사례를 중심으로 제시한 책이다.

이 책에서는 미래의 기회는 선진국 시장이 아니라 신흥개발국에 놓여 있으며, 신흥개발국에서 만들어진 역혁신은 결국 선진국과 본국 시장으로 역류하게 되어 신흥개발국 국민들의 니즈(요구 조건)에 부합하는 제품을 현지에서 개발해야만 한다는 내용을 담고 있다.

한편, 직원들에게 선물한 책에는 신동빈 회장이 직접 전하는 메시지가 책의 맨 앞 페이지에 있어 현장 실무자들에 대한 격려와 함께 애정이 가득함을 알 수 있다.

서신 메시지에는 "신흥개발국을 단순한 소비시장이나 생산기지로 보지 않고 선진국을 포함한 세계경제에 변화를 가져올 수 있는 혁신의 지렛대로 보는 이 책의 관점을 제시하고 동남아시아 · 중국 · 인도 등의 신흥국을 중심으로 본격적으로 글로벌 시장 확장을 추진하고 있는 롯데에게 시사하는 바가 매우 크다"며 "숙독을 통해 새로운 기회의 중심인 신흥개발국에 대한 큰 아이디어와 혜안을 얻을 수 있길 바란다"는 내용이 담겨 있다.

신동빈 회장은 지난 2010년에도 『마켓 3.0』을 원서로 접하고, 국내에서 출간되자 사장단 회의에서 선물하는 등 독서경영을 실천하고 있다. 또한, 글로벌 현장을 누비는 바쁜 일정 속에서도 틈나는 대로 국내외 석학들의 저서를 찾아 읽고, 꾸준하게 스터디를 하는 것으로 잘 알려져 있다.

신 회장은 회사의 이념과 맞는 책이 있다면 직원들에게 추천하고 선물하는 독서경영은 기업의 발전에 도움이 크다고 했다.

교보문고 독서경영연구소에서 실시한 '직장인 독서경영실태조사'를 보면 독서경영의 종류는 롯데그룹 신동빈 회장이 실시한 도서 지원뿐만 아니라 독서 토론회, 독서 통신교육, 초청강연, 책 돌려보기 등으로 다양하다고 한다. 특히 자율도서를 통한 독서활동이 중요하다.

신동빈 회장의 독서경영은 '책과 현장에 답이 있다'고 독서와 현장을 강조하였다.

119

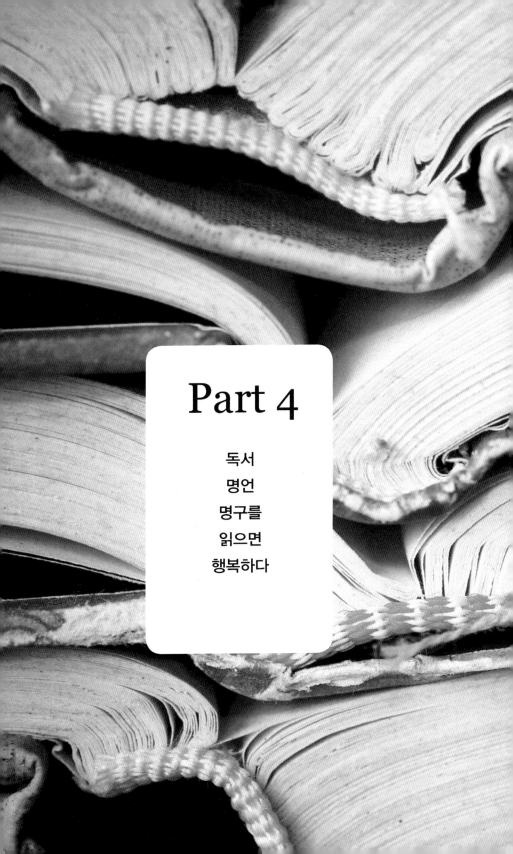

Part 4

독서
명언
명구를
읽으면
행복하다

독서 명언 명구를
읽으면 행복하다

명언은 사리에 들어맞는 훌륭한 말이다. 인생에 대한 교훈이나 경계가 되는 짧은 말인 격언을 포함한다. 한 분야의 전문가가 말한 짧은 말이기도 하다. 격언은 처세상의 가르침과 계율 등을 간결하게 표현한 말이다. 금언·처세훈·잠언·경구·법언(法諺)이라고도 한다. 명현(名賢)과 철인(哲人)들이 개인적으로 말한 것이다. 격언은 인간의 도덕규율, 행동규범을 짧게 표현한 말을 가리킨다. 프랑스어의 맥심(maxime)에 가까운 말이다.

논어를 보면 격언성법(格言成法)이라 하여 격(格)을 '지당하다'라는 뜻으로 정의하여 격언을 '법칙이 될 만한 지언(至言)'이라 설명하고 있다. 동양에서는 격언이란 말이 논어에서 유래된 것으로 생각된다. 짧은 말이면서 우리들에게 교

훈을 주고거나 꿈과 슬기가 들어 있는 말에는 금언(金言)·
격언(格言)·명구(名句)·경구(警句)·잠언(箴言) 및 속
담·고사성어 등이 있다.

속담이란 예로부터 전해 내려와 사람들의 마음속에 깊은
공감을 얻어 널리 퍼진 격언을 말한다. 속담 속에는 옛날
사람들의 생각과 생활 풍습, 충고와 경계, 나무람, 꿈과 슬
기, 유머 등이 담겨 있다.

격언은 사람의 오랜 역사적 체험에서 이루어진, 인생에
대한 교훈과 경계를 간결하게 이른 말이다. '실패는 성공의
어머니다' 등과 같은 것이다. 또, 명언은 사리에 들어맞는
훌륭한 말을 말한다. 속담과 격언은 작자 미상이다. 명언은
대부분 작자가 알려져 있다. '천재는 99%의 노력과 1%의
영감으로 이루어진다'와 같은 말은 에디슨이 한 말이다.

인간은 살면서 말을 하지 않을 수 없다. 선현들이 남긴
뛰어난 '말'은 다가올 세상에 대한 지침과 통찰 그리고 인생
의 교훈을 준다. '격려의 말', '정진의 말'은 우리의 삶에 향
기와 용기를 더하여 준다. 명언들은 거친 삶을 살고 있는
우리에게 삶의 향기를 제공하는 것이다. 또한 명언은 여러
만남에서 서로의 마음의 꽃을 피울 이야기의 밑거름이 되
는 것이다. 옛 성현들이 남긴 명언을 기억하고 되새기는 것
은 삶을 아름답게 살아가는 한 지혜이다.

독서와 책에 관련된 다음과 같은 명언·명구 읽기를 권한다.

1. 독서 관련 명언 명구

(1) 개권유익(開卷有益)

독서를 권장하는 말이다. '책은 읽지 않고 펼치기만 해도 유익하다'는 뜻이다. 송나라 황제 태종은 책 읽기를 좋아한 나머지, 학자 이방(李昉)* 등에게 방대한 사서(辭書)*를 편찬하게 명하였다. 7년 만에 완성된 이 사서는 모두 1천여 권이다. 송 태종 태평연간(太平年間)에 편찬되었으므로, 그 연호를 따서 『太平總類(태평총류)』라고 하였다. 태종은 크게 기뻐하며 매일 두세 권씩 1년 동안에 다 읽어보았다고 한다. 황제가 직접 읽었다고 해서 뒷날 사람들은 이 책을 『太平御覽(태평어람)』*이라고도 불렀다. 정무에 바쁜 황제가 침식을 잊고 책 읽기에 몰두하자 신하들이 좀 쉬어가면서 읽으라고 간했다. 그러자 태종은 "책은 펼치기만 해도 유익하다(開卷有益)네. 그렇기 때문에 나는 조금도 피로를 느끼지 않아"라고 말하였다고 한다.

125

* 이방(李昉): 송(宋)나라 태종(太宗) 때 명신(名臣)으로 자(字)는 명원(明遠). 성품이 온화하고 도타웠으며, 인재를 공평하게 채용하였다고 한다.
* 사서(辭書/dictionary): 사전(辭典)·자전(字典)이라고도 한다.
* 태평어람(太平御覽): 중국 송(宋)나라 때 이방(李昉)이 편찬한 백과사서(百科辭書)

(2) 권독종일(卷讀終日)

'종일 책을 읽음', 즉 '책을 많이 읽는다'는 뜻이다.

(3) 남아수독오거서(男兒須讀五車書)

중국 당나라의 시인 두보(杜甫)는 그의 작품 '제백학사모옥(題柏學士茅屋)*, 백학사의 초가집에 적음'에 나오는 말로 "모름지기 장부는 일생동안 다섯 수레에 실을 만한 책을 읽어야 한다"는 뜻이다.

원 출전은 장자(莊子)가 "친구인 혜시(惠施)*는 여러 방면의 저서가 다섯 수레가 된다(惠施多方其書五車)"라고 말한 데서 유래하였는데, 후에 두보의 '제 백학사모옥 시'에 나온다.

126

* 백학사(柏學士): 백씨 성을 가진 젊은 학사
* 모옥(茅屋): 초가집
* 혜시(惠施): 중국 전국 시대 송나라의 학자로 혜자(惠子)라고도 한다. 명가(名家)에 속하는 학자로서 언변이 뛰어났다.

(4) 독서망양(讀書亡羊)

'책 읽는데 정신이 팔려 돌보던 양을 잃었다.'는 말로 '일에는 뜻이 없고 딴 생각만 하다가 낭패를 본다.'는 뜻이다. 출전은 『莊子』변무편(駢拇篇)이다. 장(臧)*과 곡(穀)*, 두 남녀가 한 집에 살면서 양을 돌보는 일을 하고 있었다. 그런데 어느 날 두 사람 다 양을 잃어버리게 되었다. 장에게 "왜 양을 잃어 버렸느냐?"고 묻자, '죽간을 들고 글을 읽고 있었다'고 했다. 여자 곡에게 양을 잃은 이유를 물으니 '주사위 놀이를 하며 놀았다'고 했다. 두 사람이 한 일은 같지 않지만 양을 놓쳐버린 것만은 같다.

* 장(臧): 사내종
* 곡(穀): 계집종

(5) 독서백편의자현(讀書百遍義自見)

'뜻이 어려운 글도 자꾸 되풀이하여 읽으면 그 뜻을 스스로 깨우쳐 알게 된다'는 말이다. 후한 말기에 동우(董遇)라는 사람이 있었다. 집안이 가난하여 일을 해가면서 책을 손에서 떼지 않고(手不釋卷) 부지런히 공부하여 황문시랑(黃門侍郎)* 이란 벼슬에 올라 임금님의 글공부의 상대가 되었으나, 조조(曹操)의 의심을 받아 한직으로 쫓겨났다. 각처에서 동우의 학덕을 흠모하여 글공부를 하겠다는 사람들에게 "나에게 배우려 하기보다 집에서 그대 혼자 책을 몇 번이고 자꾸 읽어 보게. 그러면 스스로 그 뜻을 알게 될 걸세"하고 넌지시 거절하였다. 이에 그 제자가 "책을 읽고 싶어도 시간이 많이 나지 않습니다"라고 말하니, 동우가 다시 "마땅히 삼여(三餘)*로써 책을 읽어야 한다. 겨울은 한해의 나머지요, 밤은 하루의 나머지요, 비는 때의 나머지니라"며 일러주었다. '독서백편의자통(讀書百遍義自通)'이라고도 한다.

* 황문시랑(黃門侍郎): 후한 시대 황제의 시종관
* 삼여(三餘): 학문을 하는 데 쓸 나머지 시간. 곧 겨울, 밤, 비 오는 날

(6) 독서삼도(讀書三到)

책을 읽는 데는 눈으로 보고(眼到), 입으로 읽고(口到), 마음으로 이해해야 한다(心到). 책을 읽을 때는 주위 환경에 휘둘리지 말고 정신을 집중하라는 말로, 삼도란 심도(心到), 안도(眼到), 구도(口到)를 가리킨다. 마음과 눈과 입을 함께 기울여 책을 읽으라는 것이다. 독서삼매라고도 한다. 본래 삼매(三昧)란 불교에 있어서의 수행법으로, 마음을 하나의 대상에 집중시켜 감각적 자극이나 그 자극에 대한 일상적 반응을 초월하는 상태를 유지하는 것이다. 따라서 삼매에 빠지면 옆에서 벼락이 쳐도 모르는 것이다. 삼도(三到)도 그런 경지를 의미한다. 독서의 법은 구도·안도·심도에 있다 함이니, 즉 입으로 다른 말을 아니 하고, 눈으로는 딴 것을 보지 말고, 마음을 하나로 가다듬고 되풀이하여 읽으면, 그 참뜻을 깨닫게 된다는 말이다.

(7) 독서삼매(讀書三昧)

'아무 생각 없이 오직 책 읽기에만 골몰하고 있는 상태' 또한 '한 곳에 정신을 집중하는 것'을 말한다. '딴 생각은 없이 오직 책 읽기에만 몰두하는 일심불란의 경지', 또는 '책 읽기에만 골몰하여 딴 생각이 없다'는 뜻이다. 즉 '오직 책 읽기에만 골몰한다'는 말이다.

(8) 독서삼여(讀書三餘)

독서하기에 알맞은 세 여가, 즉 겨울, 밤, 비올 때를 말한다. 예전에는 책 읽기에 아주 좋은 세 가지 한가한 시간을 讀書三餘(독서삼여)라고 했다. 세 가지 한가한 시간이란 계절 중에서는 '겨울', 하루 중에서는 '밤', 날씨 중에서는 '비 올 때'를 말한다. 책 읽기에 알맞은 여가 곧 '겨울, 밤, 비올 때'를 말한다.

(9) 독서상우(讀書尙友)

'책을 읽어 위로 성현들과 벗을 한다.'는 말로, '책을 읽으면 옛 현인과도 벗이 될 수 있다.'는 뜻이다. 출전은 『맹자』이다. 맹자가 제자 만장에게 이르기를 "한 마을에서 제일 선한 선비라야 그만치 선한 선비를 벗할 수 있고, 한나라에서 제일 선한 선비라야 그만큼 선한 선비를 벗할 수 있으며, 천하에서 제일 선한 선비라야 그만큼 선한 선비를 벗할 수 있다. 하지만 천하에서 제일 선한 선비를 벗하는 것만으로는 만족하지 못하여 위로 옛 사람을 논하기도 하니, 옛 사람이 지은 시를 읊고 그 글을 읽으면서도 옛 사람을 알지 못하겠는가? 이로써 옛 사람이 살았던 시대를 논할 수 있게 되는 것이니 이것이 바로 위로 옛 사람을 벗하는 것이다."

원문은 "頌其詩 讀其書 不知其人 可乎 是以 論其世也 是尙友也"이다.

'책을 읽음으로써 옛날의 현인들과 벗이 될 수 있다'는 말이며, 또한 '책 속에서 옛 현인의 사상을 깨닫고 살아 있는 벗처럼 성현을 만날 수 있다'는 것을 말한다.

(10) 등화가친(燈火可親)

'가을은 독서의 계절'이라는 말이다. 등불과 친하게 한다는 것이니, 가을은 서늘하여 등불을 밝히고 공부하기에 알맞은 때라는 뜻이다. 가을바람이 서늘한 저녁이면 등잔을 켜고 책을 읽기에 좋다는 표현이다. 전등가친(電燈可親)이라고도 한다.

(11) 목경(目耕)

'밭을 경작함과 같이 나날이 독서에 힘쓰는 것'을 이르는 말이다.

(12) 박이부정(博而不精)

'많은 것을 알고 있으나 정밀하지 못하다'는 뜻이다. 독서에 있어서 '정독이 중요하다.'는 뜻으로 쓰이고 있다.

(13) 사가독서(賜暇讀書)

조선시대에 유능한 젊은 문신들에게 휴가를 주어 독서에

전념할 수 있도록 한 제도이다. 세종은 집현전 소속의 젊은 문신들에게 휴가를 주어 집에서 독서에 몰두할 수 있도록 했는데, 이를 사가독서제(賜暇讀書制)라 한다. 다시 말하면 인재를 육성하고 문풍을 일으킬 목적으로 양반관료 지식인 가운데 총명하고 젊은 문신들을 뽑아 여가를 주고, 국비를 주어 독서에 전념케 하는 시스템이다. 즉 일종의 '장기독서휴가제'라 할 수 있다.

(14) 삼일부독서어언무미(三日不讀書語言無味)

세설신어*에 나오는 말로 '사흘만 글을 읽지 않아도 의지와 趣向(취향)이 삭막하여, 하는 말에도 아름다운 맛이 없다'는 뜻이다.

다시 풀이하면 '사흘만 독서를 하지 않으면 사상이 비열(卑劣)하여져서 말도 자연히 아치(雅致)*가 없어진다'는 말로 '사흘간이나 책을 읽지 않으면 말과 글이 아무 의미도 없게 된다'는 뜻이다.

* 세설신어(世說新語): 후한(後漢) 말에서 동진(東晉) 말까지 약 200년 동안 실존했던 제왕과 고관 귀족을 비롯하여 문인 · 학자 · 현자 · 승려 · 부녀자 등 700여 명에 달하는 인물들의 독특한 언행과 일화 1130조를, <덕행(德行)> 편부터 <구극(仇隙)> 편까지 36편에 주제별로 수록해 놓은 이야기 모음집이다.

* 아치(雅致): 아담(雅淡 · 雅澹)한 풍치(風致)

(15) 서중자유천종표(書中自有千鍾粟)

'학문을 많이 연구하면 큰 재물이 생긴다'는 말이다. 즉 독서의 실용성을 통해 독서를 권장하는 말로 서중자유천종록(書中自有千鍾祿)과 같은 뜻이다.

진종(眞宗)*의 권학문(勸學文)에는 '男兒欲遂平生志(사나이로 평생 뜻을 이루려 한다면), 六經勤向窓前讀(창 앞에 앉아 책을 부지런히 읽을 것이네)라는 말이 있다.

* **진종(眞宗):** 중국 송나라 3대 황제로 학문에 지대한 관심을 가졌던 왕이다.

(16) 수불석권(手不釋卷)

항상 손에 책을 들고 글을 읽으면서 부지런히 공부하는 것을 이르는 말이다. 어려운 환경에서도 배우기를 좋아하는 사람이 항상 책을 가까이 두고 독서하는 것을 가리킨다. 『삼국지(三國志)』〈오지(吳志)〉'여몽전(呂蒙傳)'에 나오는 말이다.

『삼국지』에 나오는 여몽의 고사로, 손권이 여몽에게 부지런히 공부하라고 권유하면서 말한 '수불석권'은 손에서 책을 놓을 틈 없이 열심히 글을 읽어 학문을 닦는 것을 의미한다.

(17) 숙독상미(熟讀詳味)

'자세히 읽고 음미함'을 뜻하며 '깊이 읽어서 자세히 맛봄'이라고 한다. 즉 자세히 읽고 음미해야 된다는 것이다.

(18) 숙독완미(熟讀玩味)

'익숙하도록 읽어 뜻을 깊이 음미함'을 뜻한다. '잘 곱씹어 생각하며 책을 읽어, 충분히 그 의미를 감상함'을 뜻하는 말로 소학*에 나온다.

* **소학(小學)**: 8세 안팎의 아동들에게 유학을 가르치기 위하여 만든 수신서 (修身書)

(19) 승우독한서(乘牛讀漢書)

'소를 타고 길을 가며 책을 읽는다'는 뜻으로 '독서에 여념이 없음'을 이르는 말이다.

(20) 안광지배철(眼光紙背徹)

'눈빛이 종이의 뒷면을 꿰뚫는다'는 뜻으로, '깊은 속뜻까지 아는 것'을 의미한다. '눈빛이 종이의 뒷면까지 뚫고 지나간다'는 뜻으로, 독서를 하는 데 있어 '자구(字句)의 해석에 머물지 않고 저자의 깊은 뜻이나 정신까지 예리하게 파악하는 것'을 말한다.

(21) 위편삼절(韋編三絶)

'독서에 열심함'의 뜻으로 한 책을 되풀이하여 숙독함의 비유로 쓰는 말이다.

　'한 권의 책을 되풀이해서 읽어서 책을 철(綴)한 곳이 닳아 흩어진 것을 다시 고쳐 매어서 애독(愛讀)을 계속하는 것'을 말한다. 고대 중국에서는 책이 소위 몇 십 장의 죽간(竹簡)을 끈으로 철하여 만들었다. 그런데 그 끈이 몇 번이나 끊어지도록 책을 계속하여 읽는 것을 '韋編三絕'이라고 한다. '三絕'이란 딱 세 번에 한정된 수가 아니라, 몇 번이나 되풀이하여 끊어진다는 뜻으로 해석해야 할 것이다. 이것은 고대 중국의 가장 위대한 역사가로 알려진 전한(前漢)의 사마천 (司馬遷)이 쓴 사기(史記) 가운데 공자전(孔子傳), 즉 공자세가(孔子世家)에 실려 있는 말로, 공자가 만년에 역경(易經)을 애독하여 위편삼절(韋編三絕)에 이른 데서 나왔다고 한다.

(22) 일일부독서 구중생형극(一日不讀書 口中生荊棘)

　추구*에 나오는 오언절구이다. '하루라도 책을 읽지 않으면 입 속에 가시가 돋친다'라는 말로 책을 많이 읽으라는 뜻이다. 즉 '항상 책을 가까이 하고 독서를 많이 하라'는 말이다.

* **추구(推句)**: 저자는 미상이며, 그 개요는 오언(五言)으로 된 좋은 대구(對句)들만을 발췌하여 저술한 책이다. 초학(初學)들이 『천자문』『사자소학』과 함께 가장 먼저 익힌다고 하여 『추구』라고 부르기도 한다.

(23) 주경야독(晝耕夜讀)

'낮에는 농사일을 하고 밤에는 글을 읽는다'는 뜻으로, '어려운 여건 속에서도 꿋꿋이 공부한다'는 위서(魏書)*에 나오는 말이다. '낮에는 일하고 밤에는 공부한다.'는 뜻으로 '바쁜 틈을 타서 어렵게 공부함'을 이르는 말이다.

* **위서(魏書):** 중국 남북조시대(南北朝時代) 북제(北齊)의 위수(魏收)가 편찬한 사서(史書)이다. 기전체(紀傳體)로 북위(北魏)의 역사를 서술한 중국 25사(二十五史) 가운데 하나이다.

(24) 표맥(漂麥)

중국 후한(後漢)의 고봉(高鳳)*이 널어 말리던 마당의 보리가 폭우(暴雨)에 떠내려간 것도 모르고 독서에 몰두했던 고사(故事)에서 나온 말로, '글을 읽는 데 몰두하여 다른 일을 모두 잊어버림'을 비유한다. '글을 읽는 데 몰두하여 다른 일은 잊어버리는 독서삼매(讀書三昧)의 경지'를 말한다.

* **고봉(高鳳):** 자는 문통(文通)이다. 남양엽인(南陽葉人)이다. 젊었을 때 서생(書生: 유학을 닦는 사람)이 되었으며 농사를 업으로 했다. 밤이고 낮이고 쉬지 않고 정성을 다해 책을 독송했다.

(25) 형설지공(螢雪之功)

'꾸준하고 부지런하게 학문을 닦는 공'을 말한다. 동의어로
는 손강영설(孫康映雪)이 있다. '반딧불과 눈빛으로 글을 읽
었다'는 고사에 의해 '가난한 어려움을 딛고 고학하는 것을 가
리켜 형설지공을 쌓는다'고 한다.

후진(後晉) 이한(李瀚)이 지은 『蒙求』*라는 책에 나오는 이
야기다. 손강은 집이 가난하여 기름 살 돈이 없어 눈빛으로 글
을 읽었다. 그는 젊었을 때부터 청렴결백하여 친구를 사귀어
도 함부로 사귀는 일이 없었다. 뒤에 어사대부에까지 벼슬이
올랐다. 진나라 차윤은 집이 가난해서 기름을 구할 수 없었다.
여름이면 비단 주머니에 수십 마리의 반딧불을 담아 글을 비
추어 밤을 새우며 공부를 계속했다. 그는 마침내 이부상서에
까지 벼슬이 올랐다. 이 이야기에서 공부하는 서재를 가리켜
"형창설안(螢窓雪案)*"이라고 한다.

* 몽구(蒙求): 당나라 때의 학자 이한(李瀚)이 지은 문자교육용 아동교재.
* 형창설안(螢窓雪案): 車胤(차윤)은 반딧불로, 孫康(손강)은 눈빛으로 글을
읽었다는 고사에서 유래하였다.

2. 책 관련 명언 명구

(1) 계창(鷄窓)

'독서하는 방, 곧 서재(書齋)'를 가리키는 말이다. 『유명록(幽冥錄)』*에 의하면 진(晉)나라의 송처종(宋處宗)이 장명계(長鳴鷄)*를 서재의 창가에 기르고 있었는데, 얼마 후 사람의 말을 알게 되어 닭과 함께 이야기하면서 처종은 깨달은 바가 많았다고 한다. 이 고사에서 서재를 계창이라 일컫게 되었다.

* **유명록**: 송나라의 대표적 문인 유의경이 편찬한 고대 환상문학이다. 한 여인의 지고지순한 사랑, 선녀와 인간사이 시공을 초월한 환상적 사랑 등이 담겨있다.
* **장명계**: 울음소리가 매우 긴 닭이다.

(2) 낙양지가귀(洛陽紙價貴)

옛날 중국 진나라 좌사(左思)*가 제도부(齊都賦)*와 삼도부(三都賦)*를 지었을 때, 진나라 서울 낙양(洛陽) 사람들이 다투어서 그 글을 옮겨 적었기 때문에 '낙양의 종이 값이 비싸졌다'는 옛 이야기에서 나온 말로, '글이 많이 읽혀지거나 책의 부수가 많이 나간다'는 뜻으로 쓰는 말이다.

* **좌사**: 중국 육조시대 진나라 때, 제(齊)나라의 도읍인 임치(臨淄) 출신의 사람으로, 선비 집안에서 태어난 시인
* **제도부(齊都賦)**: 제나라의 도읍이었던 임치의 풍물을 노래한 서사시
* **삼도부(三都賦)**: 삼국시대 촉한(蜀漢)의 도읍인 성도(成都)와 오(吳)나라의 도읍인 건업(建業) 및 위(魏)나라의 도읍인 업의 흥망성쇠를 노래한 서사시

(3) 분서갱유(焚書坑儒)

중국 진시황이 민간의 서적을 불사르고 유생을 구덩이에 묻어 죽인 일을 말한다.

기원전 221년, 제(齊)나라를 끝으로 6국을 평정하고 전국시대를 마감한 진(秦)나라 시황 제(始皇帝) 때의 일이다. 시황제(始皇帝)는 천하를 통일하자 주(周)왕조 때의 봉건제도를 폐지하고 사상 처음으로 중앙집권(中央執權)의 군현제도(郡縣制度)를 채택했다. 군현제를 실시한 지 8년이 되는 그 해(BC 213) 어느 날, 시황제가 베푼 함양궁(咸陽宮)의 잔치에서 박사(博士)인 순우월(淳于越)이 "현행 군현제도 하에서는 황실의 무궁한 안녕을 기하기가 어렵다"며 봉건제도로 개체(改體)할 것을 진언했다.

시황제가 신하들에게 순우월의 의견에 대해 가부(可否)를 묻자, 군현제의 입안자(立案者)인 승상 이사(李斯)는 이렇게 대답했다.

"봉건시대에는 제후들 간에 침략전이 끊이지 않아 천하가 어지러웠으나 이제는 통일되어 안정을 찾았사오며, 법령도 모두 한 곳에서 발령(發令)되고 있나이다. 하오나 옛 책을 배운 사람들 중에는 그것만을 옳게 여겨 새로운 법령이나 정책에 대해서는 비난하는 선비들이 있사옵니다. 하오니 차제에 그러한 선비들을 엄단하심과 아울러 백성들에게 꼭 필요한 의약(醫藥), 복서(卜筮), 종수(種樹)에 관한 책과 진(秦)나라 역사책 외에는 모두 수거하여 불태워 없애 버리소서."

시황제가 이사(李斯)의 의견을 받아들임으로써 관청에 제출된 희귀한 책들이 속속 불태워졌는데, 이 일을 가리켜 '분서(焚書)'라고 한다. 시황제는 자기를 비방한 460명의 유생(幼生)들을 모두 산 채로 각각 구덩이에 파묻어 죽였는데, 이 일을 가리켜 '갱유(坑儒)'라고 한다.

(4) 서자서아자아(書自書我自我)

'글은 글대로 나는 나대로'라는 뜻으로 '글을 읽되 정신은 딴 데 쓰고 있음'을 이르는 말이다. 말씀하시기를 "공부를 하는 데에는 대중을 잡는 것이 제일 중요하나니, 경전도 대중없이 건성으로 읽으면 비록 몇백권을 읽어도 書自書 我自我로 아무 소득이 없느니라. 또는 공부가 책 보고 글 배우는 데에만 있는 것이 아니니, 대중 잡는 마음만 있으면 모두 다 공부의 참 결과를 얻느니라."『맹자』

(5) 착벽인광(鑿壁引光)

'벽을 뚫어 남의 집 불빛을 받아 독서하다'라는 뜻으로, 전한(前漢) 광형(匡衡)의 일화에서 온 말이다.

전한(前漢) 때, 재상이 되어 영화를 누린 광형(匡衡)은 젊었을 때 무척 고생을 하고 성공한 위인의 한 사람이었다. 그는 어렸을 때부터 학문을 좋아하여 틈만 나면 공부를 하였으나,

말할 수 없이 가난한 농가의 아들로 태어난 탓에 책을 살 돈이 없어서 품팔이를 해 가면서 푼푼이 모은 돈으로 책을 사서 읽었다. 그러나 품팔이를 하지 않고서는 먹을 수 없는 가난한 살림이었으니 낮에 한가히 책을 읽을 수는 없고 밤에 책을 보아야 했는데, 등불을 켤 기름이 없었다. 그는 생각 끝에 이웃집의 벽에 몰래 구멍을 뚫어 놓았다. 그리고 그 조그만 구멍으로 새어 들어오는 불빛에 따라 책장을 넘기면서 독서를 계속했던 것이다.

(6) 침경자서(枕經藉書)

'책에 탐닉함'을 뜻하는 말이다. '경서를 베개로 베고, 책을 깔개로 삼다'라는 뜻이다. '밤낮 독서에 깊이 탐닉(耽溺)하는 일'을 말한다.

(7) 한우충동(汗牛充棟)

'수레에 실으면 소가 땀을 흘리고 집에 쌓으면 대들보까지 닿게 된다.'는 뜻으로 책이 많은 것을 비유한 말이다. 중국 당(唐)나라의 문장가 유종원(柳宗元)이 『육문통선생묘표(陸文通先生墓表)』라는 글에 다음과 같이 썼다. "공자가 『춘추(春秋)』를 지은 지 1,500년이 되었고 『춘추전』을 지은 사람이 다섯 사람, 온갖 주석을 한 학자들이 1,000명에 달한다. 그들이 지은 책을 집에 두면 대들보까지 차고 밖으로 내보내면 소와 말이 땀을 낸다(其爲書處則充棟宇 出則汗牛馬)." 여기서 말한 충동우(充棟宇) 한우마(汗牛馬)가 변하여 '한우충동'이 되었다.

141

Part 5

독서표어를
읽으면
행복하다

독서표어를 읽으면
행복하다

외국에서도 흔히 볼 수 있지만 우리나라에는 홍보성, 교육성 표어가 상대적으로 많은 편이다. '꿈★은 이루어집니다', '체력은 국력', '자나 깨나 불조심', '잘 키운 딸 하나 열 아들 안 부럽다' 등과 같은 표어가 금방 생각해도 너무나 많이 떠오른다. 기업이나 관공서, 학교, 특히 대학가에서는 플래카드와 현수막이 홍수를 이루고 있음을 볼 수 있으며, 기념일에도 길거리에 어김없이 걸려 있다. 그래서 그런지 우리의 머릿속에는 수많은 표어가 각인되어 있는 것이 사실이다.

독서와 도서관에 관련된 익숙한 표어들 중에는 '독서는 마음의 양식', '읽으면 행복합니다.', '좋은 도서관, 우리 모두의 권리입니다.'와 같은 것이 있다. 이 표어는 누구나 공

감하는 참으로 옳은 말이다. 이 표어는 간단하고 짧은 말이
지만 독서의 중요성과 도서관의 필요성에 대하여 의미 있
는 뜻을 포함하고 있는 것이다.

　해마다 9월 독서의 달을 맞이하여 문화체육관광부에서는
독서표어를 현상 공모하고 있다. 지난 2012년에 공모한 독
서의 달 표어는 최우수 1편, 우수 2편, 장려 4편이 선정되
었다. 최우수로 선정된 표어는 '책으로 이끌림, 미래로의 두
드림'이며, 우수 표어는 '어제, 오늘 그리고 내일, 모두 책속
에 있다', '독서하는 대한민국, 희망 페이지 365일'이다. 장
려는 '꿈을 이루는 열쇠는 독서입니다', '독서, 내 꿈의 두드
림, 내 미래의 경쟁력', '독서는 행복 愛너지입니다', '사랑한
다면, 책을 선물하세요!, 책을 더 가까이 도서관을 더 가까
이' 등이다.

　독서와 도서관 정책을 담당하는 문화체육관광부에서는
이런 표어를 통해서 국민들에게 독서의 중요성을 알리고,
독서운동에 참여하며, 스스로 독서할 수 있도록 홍보하고
있는 것이다. 그리고 지방자치단체에서도 표어를 공모하여
독서의 달 행사를 하는 사례도 있다. 한편 도서관 주간 표
어는 한국도서관협회에서 주관하여 공모하고 있다.

　우리나라는 정부기관, 공공기관, 각종 단체, 언론, 기업
등 대부분의 기관에서 저마다의 기념일이나 행사에서 홍보
및 교육적인 목적으로 표어를 내걸고 있다.

　우리나라에서는 독서와 도서관에 관련된 기념일이나 행

사로는 3월 15일 학급문고의 날, 4월 23일에 개최하는 세계 책의 날 행사, 4월 12일부터 18일의 도서관주간, 5월 첫 주 어린이독서주간, 해마다 5월 말이나 6월 초에 개최되는 서울국제도서전, 매년 9월은 독서의 달, 매년 10월 11일 책의 날 등이 있다. 이 글은 독서의 달, 독서주간의 표어에 한정하여 인터넷과 도협월보, 도서관문화, 도서관 등 도서관협회나 각 도서관 그리고 독서 단체에서 발간한 자료를 중심으로 조사하였다.

147

1. 표어란 무엇인가?

표어가 처음 생긴 것은 서양의 무사들이 방패에 새긴 제명 (題銘)에서 유래되었다고 한다. 그만큼 표어의 역사도 오래된 듯하다. 표어(motto)란 '사회나 집단에 대하여 어떤 의견이나 주장을 호소하거나 철저히 주지시키기 위하여 그 내용을 간결하고 호소력 있게 표현한 짧은 말'이다. 예를 들면 독서표어로 '읽으면 행복합니다.'라든가 불조심을 유도하기 위한 표어로 '마음마다 불조심 손길마다 불조심.' 또는 교통안전 표어로 '안전벨트 생명벨트, 안전속도 생명속도' 등이다. 유명한 표어로 올림픽 표어가 있는데, 소개하면 '보다 빠르게, 보다 높게, 보다 강하게(Citius, Altius, Fortius)'이다.

표어는 상징어의 일종이지만 도덕적 내용을 제1의(第一義)로 하는 금언(金言)이나 격언(格言), 광고 선전을 위한 캐치프레이즈 등과는 그 성격이 다르다. 표어는 정치적 선동이나 선전에도 이용된다. 전시표어(戰時標語)나 정당표어(政黨標語)에 이 종류의 표어들이 많다. 리듬 있고 대중에게 호소하는 것이 생명이지만, 논리성보다는 정서성을 중시하기 때문에 데마고기(demagogy: 선동적인 선전)가 될 위험성도 있다.

광고의 표어를 살펴보면 기업의 주장이나 상품의 특징을 짧은 언어로 나타낸 것이나 반복해서 사용하는 것이기 때문에 읽기 쉽고, 말하기 쉽고, 기억하기 쉽고, 리듬감이 있는 것이 좋은 것이다. 그리고 상품명을 넣어 지은 것과 그렇지 않은 것이 있다.

표어는 '특정한 사상, 감정, 사실, 판단 등을 전파하는 기술'이며 '의견, 행동, 태도 등을 변화시키고 정치적, 상업적, 사회적 목적 하에서 계획되는 의도적인 활동'이다. 또한 '간단한 언어와 반복효과를 상정하는 전달수단'이라고 정의할 수 있다.

표어와 유사한 슬로건(slogan)이란 말도 있다. 슬로건은 '대중의 행동을 조작(操作)하는 선전에 쓰이는 짧은 문구'를 말한다. 이 말은 본래 스코틀랜드에서 위급할 때 집합신호로 외치는 소리(sluagh-ghairm)를 슬로건이라고 한 데서 나온 말이다. 인간은 전적으로 논리적인 판단만을 하는 것은 아니며 정서에 의해서 움직이게 되는 면도 적지 않다. 특히 대중은 피암시성(被暗示性)이 강하므로 정서적으로 채색된 단순한 표어가 효과를 나타내는 수가 많다. 그것은 정치행동으로부터 상업광고의 영역에 이르기까지 널리 사용되는데, 하나같이 내용이 이해하기 쉽고 표현이 단순하며, 단정적(斷定的)이라는 점 등이 중요한 요소로 되어 있다. 대중의 태도가 동요적이고 미확정적일 때일수록 슬로건의 호소력은 크다.

149

그리고 캐치프레이즈(catchphrase)란 말도 있다. 이 말은 타인의 주의를 끌기 위해 내세우는 기발한 문구이다. 캐치프레이즈는 사용되는 경우와 범위에 따라서 뉘앙스가 다소 다른데, 신문·잡지의 기사, 문장 등의 편집에 사용되는 경우와 점두 판매에 쓰이는 경우 등이 있다. 캐치프레이즈의 구비 요건으로는 내용의 핵심을 단적으로 표현할 것, 짧을 것, 눈에 띄기 쉬울 것, 인상적이고 강렬한 글귀일 것 등을 들 수 있다. 광고에서의 캐치프레이즈는 사람들이 광고에 관심을 가지느냐, 않느냐를 결정하는 중요한 요소이다. 한 마디의 문구가 광고의 구독률, 나아가서는 상품의 매상에 영향을 끼치게 때문이다. 캐치프레이즈는 당연히 광고의 내용(본문)을 읽도록 유도하는 구실을 하며 그것만으로써 광고주 · 상품명을 쉽게 상기할 수 있어 일반 소비자들로부터 호감을 사고 있다. 또한 독립된 표어나 슬로건의 의미로 쓰인다.

다시 말하면 표어란 '어떤 의견이나 주장을 호소하거나 알리기 위하여 주요 내용을 간결하게 표현한 짧은 말귀', 즉 슬로건이다.

2. 표어에는 어떤 특징이 있나?

표어는 사회나 집단에 대하여 어떤 의견이나 주장을 호소하거나 주지시키기 위하여 그 내용을 간결하고 호소력 있게 표현한 짧은 말이기 때문에 다음과 같은 특징이 있다.

(1) 현실성

한 시대의 국민들을 계도하는 것이 목적이기 때문에 현실에 바탕을 둔 표어를 만들어야 한다. 시대에 맞지 않거나 허황된 표어는 대중들의 외면을 살 뿐 아니라 실효성이 없는 것이다.

(2) 목적성

'읽으면 행복합니다', '좋은 도서관, 우리 모두의 권리입니다' 등의 표어는 금방 눈에 들어온다. 그렇다고 꼭 직선적인 표현이 좋다고만 할 수는 없다. 암시적인 표현도 목적이 확실해야 한다. '책을 읽자'보다는 '책 읽는 작은 여유 마음속의 큰 행복', '기름이나 물을 아끼자' 보다 '한 방울도 아끼자'라는 표어는 암시적이지만 더 큰 효과를 내는 것이다.

(3) 지속성

사람의 심리적 상태는 자주 자극을 받게 되면 습관이 되고 습관이 계속되면 신념으로 발전하는 예를 종교에서도 볼 수 있다. 표어에서 예를 들면 '불 불 불조심', '건강을 위하여 지나친 흡연을 삼갑시다', '차례차례 타는 습관 다져지는 교통질서'등은 과거에도 많이 썼고 지금도 많이 활용되고 있다.

(4) 독창성

독창성이 결여되면 내용 전달에 급급해지고 싫증을 느끼게 된다고 볼 수 있다. '봉사하는 작은 손길 이웃사랑 실천의 길', '되로 베푼 자원봉사 말로 되어 돌아온다', '독서력이 국력입니다' 등이다.

(5) 보편성

대중들이 공감할 수 있는 보편성도 함께 지녀야 한다. '아빠! 오늘도 무사히', '내가 줍는 휴지 한 장, 오천 만이 웃고 산다', '사람은 자연보호, 자연은 사람보호' 등은 독창성과 보편성을 함께 지닌 표어라 할 수 있다.

(6) 단순 · 간결성

표어는 단순하면서도 간결하고 짧은 문구라야 한다. 예를 들면 '산 산 산, 나무 나무 나무', '봉사의 마음 행복의 미소', '아빠의 금연 가정의 행복', '금연은 가족사랑' 등과 같은 표어이다.

(7) 계도성

표어에는 대중을 설득하는 기능과 알리는 기능이 있다. 또한 보는 이로 하여금 합리적인 사고방식에 입각하여 올바른 판단을 할 수 있도록 하는 기능이 있는 것이다. '낭비 앞에 풍요 없고 저축 앞에 가난 없다', '사고 장소 따로 없고, 사고시간 예고 없다', '19세 미만 청소년에게 판매할 수 없습니다.' 등 많은 표어가 계도의 기능이 있는 표어이다.

(8) 사회성

표어는 추구하고자 하는 사회를 제시한다. 시대에 맞지 않은 표어는 실효성이 없는 것이다. 1970~1980년대에는 '간첩을 잡자', '새마을 운동'이런 표어가 그 시대를 나타내 주었다면, 2000년대에는 '새 천년의 약속 제2의 건국', '지역이 살아야 국가가 산다' 등 이런 표어가 오늘날 시대를 잘 나타내 주고 있다.

이 외에도 대중의 주의를 끄는 것이어야 하고 관심과 욕망을 유발시켜야 한다. 또한 결심과 행동을 하도록 촉구한다. 그렇다고 선정적이거나 기만의 내용을 피해야 할 것이다.

3. 표어에는 어떤 유형이 있나?

표어는 구조적으로 다음과 같은 유형을 가지고 있다.

(1) 짧고 간결하다

대부분의 표어는 16음절 이내이며, 조사와 술어는 생략되는 경우가 대부분이다. 또한 띄어쓰기를 무시하는 경우가 많다. '국어사랑 나라사랑', '바른 삶 실천하기', '총력 안보', '새마을 새마음' 등이 있다. 운율을 위해서 조사를 넣는 경우가 있다. '초소가 따로 없다 내 선 곳이 초소이다', '남의 일에 관심을 가질 때 비로소 우리는 하나가 됩니다' 등이 있다.

(2) 도치법을 쓴다

뜻을 강조하기 위하여 앞뒤의 말을 바꾼다. '상기하자 6·25', '북괴는 우리를 노린다 우리의 혼란을' 등이 있다. 이런 유형의 표어들은 뜻을 확실히 드러낸다.

(3) 대구(對句)형식이다

대구형식은 읽기 쉽고, 편하다. 옛날부터 내려 온 우리의 정서에 맞는 것으로 생각된다. 우리 문학 장르인 시나 시조 등 운문에는 3음조, 4음조가 많다. 국어의 어휘도 3음절, 4음절이 많은 것을 예를 들 수 있다.

(4) 반복법 형식이다

'산 산 산 푸른산', '불 불 불조심', '산 산 산 나무 나무 나무', '설마 설마 방심 말고 조심조심 불조심' 등이 그 예이다.

문장의 유형은 청유형, 서술형, 명사형 등이다.

① 청유형 : 표어라는 속성 자체가 대중을 이끌기 위한 수단으로 명령형은 드물다. 대부분의 표어가 ~하자 등으로 대중을 유도한다. 예외로 명령형은 <씻어라 비벼라 말려라>, <와서 보시오>, <화기 진입 금지> 등 소수에 불과했다.

② 서술형 : 많지는 않지만 현대로 올수록 서술형이 많다는 것은 딱딱한 것보다 부드러운 것을 원하는 사회적 분위기의 현상이라고 볼 수 있다. <공중전화는 우리 모두의 재산 다같이 아끼고 깨끗이 사용합시다> 등이다.

③ 명사형 : 여기서 주목할 것은 형태는 비록 명사형이지만 서술어 기능을 담당한다는 사실이다. <폭력추방>, <생명의 ?>, <세계는 하나> 등등은 비록 명사형으로 끝났지만 기능은 서술형이다.

④ 표어는 순수 국어로 많이 창작됨을 볼 수 있다. 반 이상의 표어들이 거의 국어로 만들어졌다. 예외로 영어를 사용한 표어는 몇 개에 불과했는데 <벨트>, <에너지> 등 소수였다.

155

주제별 유형은 다음과 같다.

① 비유나 상징이 드물다. 이것은 표어의 특수성이 때문이라고 본다. 금방 무슨 내용인지 알아야 효과가 크기 때문에 비유나 상징 대신 강조법이 많이 사용된다. 예는 ~있다, ~없다 등으로 나타낸다. '필승의 신념 앞에 6 · 25는 다시 없다' 등이다.

② 주제는 시대에 따라 많이 변한다. 옛날에는 가족계획, 건설, 새마을, 간첩신고 등이 많았는데 현대로 올수록 IMF, 경제위기, 새천년, Y2K 등이 많았고, 환경문제에도 상당히 관심이 많아졌다는 사실이다. 또한 특이하게도 진해에는 해군들이 많기 때문에 해군에 관한 표어가 상당수 조사되었다. 한두 개만 들면 <진해 사랑 나라 사랑 해군사랑>, <해군사랑 경남사랑 나라사랑> 등이 있다.

③ 의미상 같은 주제 안에서도 대립된다는 사실이다.

뜻을 강조하기 위함은 말할 필요도 없다. 몇 개의 예만 들어보면 <짧은(+적음) 시간 많은(-적음) 노력 자기발전 나라발전) <오분(+단기) 먼저 가려다 오십년(-단기) 먼저 간다>, <아는 질서 (+질서) 실천하고 틀린질서(-질서) 반성하자>, 모이면(+모임) 질서 헤어지면(-모임) 청결>, <과속(+과속)은 위험 안전거리(-과속) 유지>, <퇴폐향락(-건전) 바로잡아 건강사회(+건전) 건설>, <땅굴파며 남북대화(+평화) 속지말자 위장평화(-평화)>, <사고는 순간(+단기) 불행은 영원(-단기)> 등등 수십 개의 표어에서 대립되는 의미를 갖고 있으나 어휘가 반드시 상대어는 아니다. 서로 대립되는 의미를 기저에 갖고 있어 대립되는 자질을 부여할 수 있기 때문이다. 예를 들어 오 분과 오십 년은 상대어는 아니나 시간의 길이를 변별자질로 따질 때 서로 대립되는 의미를 갖고 있다고 볼 수 있다.

④ 긍정적으로 호소하는 주제와 부정적으로 호소하는 주제가 많다. 한두 개의 예를 들면 긍정은 <우리 모두 친절합시다> 등 거의 모든 표어가 해당되고 부정적인 경우는 <우리는 싫어한다 범죄와 무질서를>, <분열을 자멸이다 총화만이 살 길이다> 등 다수가 조사되었다.

⑤ 주제가 직설적으로 표현된다.

⑥ 주제가 시대에 따라서 의미가 전이된 경우도 있다. 예를 들어 <자수하여 광명찾자>라는 표어는 원래 간첩 설득용이었으나 요즘은 다방면에 많이 쓰이고 있다.

157

4. 독서표어는 어떤 것이 있나?

독서주간의 유래는 1919년 미국의 Bayscout 도서관장 후랑크린 K. 머슈씨에 의해 처음 시작되었다고 한다. 처음에는 소년들에게 독서를 장려하기 위하여 제창되었다. 그 후 미국도서관협회가 주동이 되어 청소년은 물론 전 국민의 독서의욕을 고취하는 운동으로 발전하여 왔고 이것이 점차 각국에 보급되어 오늘날에 와서는 전 인류의 독서보급 운동으로 국제적인 운동이 되었다.

미국에서는 매년 가을에 열리는 독서주간(Book Week)이 있다. 독서주간은 도서 및 도서에 관한 관심을 촉구하려는 목적에서 도서를 전시하고 강연하는 행사로, 우리나라에서는 1949년 이래 매년 9월 24일부터 30일까지 1주일간 실시되고 있다. 일본은 관동대지진 발생 이듬해인 1924년에 독서주간을 개최하기 시작하는 등 상당히 빠른 시기부터 도서관과 독서에 대해 많은 관심을 표명하고 있었다. 그러나 독서주간은 제2차 대전 중에 중단되었고 패전 후에는 미국의 영향을 받아 1947년에 부활하여, 현재는 독서추진운동협의회의 후원으로 봄에는 어린이독서주간을 3주간, 가을에는 독서주간을 2주간 개최하고 있다.

우리나라에서는 1927년부터 시작되었다고 하는데, 본격적으로 활동을 시작한 것은 1955년 한국도서관협회가 발족되면서부터이다. 우리나라는 국민독서 진흥을 위하여 1955년 1

회부터 1993년 39회까지는 9월 24일부터 30일까지 1주간을 독서주간으로 지켜 왔으며, 또한 10월 24일부터 29일, 10월 20일부터 26일까지 독서주간을 지킨 때도 있었다. 독서주간은 1967년 13회까지는 도서관협회 주관으로 개최되어 오다가 1968년 14회부터 대한출판협회가 주관하기로 하였다.

그러나 도서관 및 독서진흥법이 제정되어 1994년 9월부터 9월 독서의 달로 변경되어 개최되고 있다. 한편 인천에서 최초로 독서주간 행사를 1949년 시립도서관에서 개최하여 독서주간 설정에 전국 확산 계기가 되었다는 기록이 있다. 일본은 독서주간실행위원회를 중심으로 1947년부터 독서주간을 실시하고 있다.

한편 어린이에게 독서를 권장하기 위하여 1976년 5월 1일에 5개항의 '어린이 독서헌장'을 제정·선포하였다. 그리고 5월 첫 주간을 어린이 독서주간으로 제정하였다.

독서의 중요성을 일깨워주고 독서의 생활화를 유도하기 위하여 국민들을 대상으로 독서표어를 수집하고 있으며, 특히 문화체육관광부와 한국도서관협회에서는 9월 '독서의 달'을 맞이하여 국민의 참여 분위기 제고를 위해 21세기 지식정보 시대에 국민들의 독서 의욕을 고취할 수 있는 내용, 독서진흥 활동의 적극적인 참여를 장려할 수 있는 내용, 독서생활화 및 독서인구 저변확대에 기여할 수 있는 내용 등으로 독서의 달 표어를 모집하였다.

다음은 제1회부터 2013년 현재까지의 표어를 가나다 순으로 제시하면 다음과 같다.

〈독서 주간의 표어〉

(1) 같이 읽고 함께 건설(1967)

(2) 나의 잠재능력 독서로 계발하자(1989)

(3) 늘어가는 도서관 줄어드는 사회악(1969)

(4) 독서는 즐겁게 생활은 알차게(1970)

(5) 독서로 빛내자 내 가정 내 조국(1970)

(6) 독서를 생활화 하자(1992)

(7) 독서하는 가정 교양있는 국민(1967/1968)

(8) 독서하는 국민 발전하는 국가(1969/1970/1975/1979/1985/1987/1988)

(9) 독서하는 국민에 따라오는 근대화(1966/1967/1981)

(10) 독서하는 생활속에 밝아오는 우리 사회(1970/1975)

(11) 벗삼아 읽은 책, 평생의 스승(1981)

(12) 붐비는 도서관 희망찬 이 겨레(1969)

(13) 사람마다 읽는 버릇 나라 살림 살찌운다(1971)

(14) 생각하며 독서하자(1989)

(15) 온 가족의 독서생활 가정행복 이룩된다(1989)

(16) 온 가족이 함께 책을 읽자(1990)

(17) 아빠가 권한 책이 엄마에게 도움된다(1971)

(18) 아빠도, 엄마도, 나도, 우리 집은 독서가족(1970)

(19) 읽고 배우고 바로 살자 한국도서관협회(1967)

(20) 읽는 국민 밝은 나라(1967)

(21) 읽는 나라 밝은 나라(1984)

(22) 읽어서 기쁘고 알아서 힘 된다(1976/1982/1983/1984)

(23) 읽어서 앞서고 일해서 잘 살자(1967/1968)

(24) 좋은 책 바로 읽어 알차게 살자(1967)

(25) 좋은 책 바로 읽어 알차게 잘 살자(1968)

(26) 좋은 책을 골라 읽자(1989)

(27) 정성 모은 독서로 빛나는 내일을(1979)

(28) 좋은 책 등불 삼아 밝은 살림 차려 보자(1967)

(29) 좋은 책 찾는 손이 복을 찾는다(1967)

(30) 찾아간 도서관 보람찬 내 하루(1969)

(31) 책 들고 찾은 나라 독서로 빛내보자(1960)

(32) 책 든 손 귀하고 읽는 눈 빛난다(1966/1967/1986/1985/1987/1988)

(33) 책 속에 길이 있다. 옳게 읽고 바로 가자(1960/1965/1966/1969)

(34) 책 속에 미래가 있다(1992)

(35) 책 속에 있는 길 읽으면 나의 길(1970/1979/1983/1993)

(36) 책 속에 진리 있고 독서에 보람 있다(1971)

(37) 책 속에 진리 찾아 민족중흥 이룩하자(1970)

(38) 책 속에 천금 보배 읽어서 찾아내자(1967)

(39) 책을 펴자, 미래를 열자(1992)

(40) 책 읽는 국민에 자라나는 국력(1976)

(41) 책 읽는 독서가족 언제나 명랑가족(1966/1967)

(42) 책 읽는 생활 속에 밝고 맑은 우리 가정(1971)

(43) 책 읽는 즐거움에 밝아오는 우리 사회(1971)

(44) 하루하루의 독서가 삶의 즐거움을 준다(1989)

(45) 한 사람씩 권한 책이 만인을 깨우친다(1960/1970/1979)

(46) 한 사람씩 권하는 책이 만인을 깨우친다(1967)

〈독서의 달 표어〉

(1) 검색에서 사색으로(2011)

(2) 국민의 독서지수, 국가의 희망지수(최우수/2005)

(3) 그래요, 책이 좋아요(대상/2013)

(4) 꿈을 이루는 열쇠는 독서입니다(장려/2012)

(5) 내 손의 책, 내 삶의 빛(우수/2013)

(6) 넘어가는 책장 하나 쌓이는 평생지식(장려/2003)

(7) 독서력이 국력이다(1996)

(8) 독서, 내 꿈의 두드림, 내 미래의 경쟁력(장려/2012)

(9) 독서, 바로 당신의 밝은 미래입니다(우수/2001)

(10) 독서는 나의 힘 도서관은 나라의 힘(우수/2005)

(11) 독서는 행복 愛너지입니다(장려/2012)

(12) 독서는 취미가 아니고 생활입니다(1996)

(13) 독서! 마음의 부자가 되는 행복한 습관(가작/2007)

(14) 독서! 문화한국의 희망의 에너지(가작/2007)

(15) 독서의 생활화로 묻어나는 삶의 향기(장려/2003)

(16) 독서하는 대한민국, 희망 페이지 365일(우수/2012)

(17) 두 손에는 책이 가득!, 가슴속엔 꿈이 가득!(최우수/2006)

(18) 문화의 세기, 책 읽는 사람이 이끌어 갑니다(1997)

(19) 물음표로 책을 펴고 느낌표로 책을 덮자(최우수/2004)

(20) 북(Book)으로 두드리는 즐거운 세상(최우수/2013)

(21) 사람은 책을 읽고, 책은 사람의 마음을 읽는다(우수/2013)

(22) 사랑한다면, 책을 선물하세요!(장려/2012)

(23) 삶이 묻는다, 책이 말한다(우수/2013)

(24) 어제, 오늘 그리고 내일, 모두 책 속에 있다(우수/2012)

(25) 엄마의 두 손엔 그림책, 아이의 마음속엔 꿈과 희망(장려/2004)

(26) 인생역전 한 권의 책으로(우수/2003)

(27) 읽을수록 쌓여가는 지혜의 지층(2010)

163

(28) 찾는 기쁨, 읽는 행복, 함께하는 도서관(가작/2007)

(29) 책 꽂아두면 종이 읽으면 지혜(최우수/2003)

(30) 책! 세상을 채우고 독서! 세상을 넓힌다(최우수/2007)

(31) 책 속에 작은 여유 생활 속에 큰 정보(우수/2002)

(32) 책 속의 넘치는 정보 우리 삶의 지혜로(장려/2001)

(33) 책으로 이끌림, 미래로의 두드림(최우수/2012)

(34) 책은 행복을 클릭합니다(장려/2004)

(35) 책을 더 가까이 도서관을 더 가까이(장려/2012)

(36) 책을 읽으면 꿈★이 이루어진다(장려/2002)

(37) 책을 펴세요, 당신의 생활이 행복해 집니다(우수/2004)

(38) 책을 펴자, 세상을 열자(우수/2004)

(39) 책을 펴는 당신 손에 더 큰 세상 더 큰 미래(우수/2004)

(40) 책 읽는 기쁨, 책 속에서 지혜를(최우수/2009)

(41) 책 읽는 맑은 눈빛 다가오는 지혜의 삶(우수/2007)

(42) 책 읽는 시간, 꿈 익는 시간(우수/2013)

(43) 책 읽는 아빠 엄마 아들딸이 본받는다(우수/2002)

(44) 책 읽는 우리 가족, 행복한 문화가족(장려/2001)

(45) 책 읽는 작은 여유 마음속의 큰 행복(우수/2003)

(46) 책 읽어 키운 꿈, 펼쳐지는 나의 미래(장려/2005)

(47) 책장을 넘기는 손, 미래를 움직이는 힘(우수/2005)

(48) 한 권의 책! 당신의 미래를 바꿉니다(최우수/2002)

(49) 한 권의 책으로 마음의 풍요를!(장려/2002)

(50) 1시간의 독서, 10년의 지혜(우수/2013)

(51) Click 독서문화 Enter 선진한국(장려/2005)

5. 독서표어 분석에 대한 논의

　조사된 표어를 구조적으로 분석해 보면 간결하고 도치된 표어가 많다. 또한 대구와 반복 음절을 쓰고 있으며, 독서표어가 비교적 짧고 간단하다. 가장 짧은 것이 8음절이다. 그리고 대부분이 3.3조, 4.2조, 3.4조, 4.4조로 12음절, 14음절, 16음절로 이루어져 있고, 가장 긴 것이 20음절로 2004년 독서의 달 표어로 "엄마의 두 손엔 그림 책, 아이의 마음속엔 꿈과 희망"이다. 그러나 대체로 짧고 간결하다.

　독서표어는 뜻을 강조하기 위하여 앞뒤의 음절을 바꾸어 표현한 것이 있다. 예를 들면 "독서로 빛내자 내 가정 내 조국", "정성 모은 독서로 빛나는 내일을", "인생 역전 한 권의 책으로" 등이다. 비교적 적은 편이다.

　조사된 독서표어에 대구 표현이 많다. 흔히 운문에 나오는 것으로 3.3조, 4.2조, 3.4조, 4.4조가 많다. 예를 들면 "독서하는 가정 교양있는 국민", "독서하는 생활 속에 밝아오는 우리 사회" 등으로 대부분의 독서표어가 대구성을 가진다. "책 든 손 귀하고 읽는 눈 빛난다" 등과 같이 표어의 생명은 바로 대구성에 있다고 해도 과언이 아니다.

　강조하는 방법 중의 하나로 반복 음절을 쓴다. 예를 들면 "읽고 배우고 바로 살자", "책 읽는 독서가족 언제나 명랑가족", " 책 속에 있는 길 읽으면 나의 길", "책 읽는 우리 가족 행복한 문화가족" 등이다.

문장 유형을 분석해 보면 청유형과 서술형, 명사형이 많고 외국어로 된 단어도 보인다.

"생각하며 독서하자"와 같이 대중을 유도하고 권유하는 형태이다. 적극적으로 홍보하거나 강한 의지로 이룩하기 위하여 강조할 때 쓰이는 캠페인 표어이다. 조사된 독서표어에서 예를 찾아보면 다음과 같다. 이 유형은 초기에 많이 발견되었다. "책들고 찾은 나라 독서로 빛내보자", "책 속에 길이 있다. 옳게 읽고 바로 가자", "온 가족이 함께 함께 책을 읽자", "나의 잠재능력 독서로 계발하자", "생각하며 독서하자", "좋은 책을 읽자", "책을 펴자 세상을 열자" 등이다.

현대일수록 서술형이 많이 발견되었다. 이런 표어는 부드럽게 느껴진다. "좋은 책 찾는 손이 복을 찾는다", "독서는 취미가 아니고 생활입니다", "독서, 바로 당신의 미래입니다", "책을 펴세요 당신의 생활이 행복해집니다", "문화의 세기, 책 읽는 사람이 이끌어 갑니다", "책을 읽으면 꿈★이 이루어진다" 등이다.

표어의 형태는 명사형이지만 서술어 기능을 가지고 있다. 조사된 표어에서 많이 나타나고 형태 중이 하나이다. 예를 들면 "같이 읽고 함께 건설", "독서하는 국민에 따라오는 근대화", "독서하는 가정, 교양있는 국민", "붐비는 도서관 보람찬 하루", "독서하는 국민 발전하는 국가", "책 속에 있는 길 읽으면 나의 길", "책을 펴는 당신 손에 더 큰 세상 더 큰 미래" 등이다.

조사된 독서에 관한 표어에는 외국어(영어)가 찾아보기 힘들고 거의 국어로 만들어졌다. 그런데 현대에 와서 외국어로 만들어진 표어가 보이는데 다음과 같다. "책은 행복을 클릭합니다"라는 표어이다.

반복하여 사용하고 있는 표어를 조사하였더니 같은 표어를 반복해서 사용한 햇수가 많다. 독서주간에서 시용된 표어 중에서 가장 많이 사용된 표어는 "독서하는 국민 발전하는 국가"로 7회이며 그 다음이 "책 든 손 빛나고 읽는 눈 빛난다"가 6회, "책 속에 있는 길 읽으면 나의 길"이 5회이다. "읽어서 기쁘고 알아서 힘된다"와 "책 속에 길이 있다 옳게 일고 바로가자"가 4회이며, 2회 이상 사용된 표어가 모두 12개이다. 독서의 달은 역사도 짧지만 국민들에게 공모하고 심사하여 선정한 표어이기 때문에 같은 것이 하나도 없고 독창적이다.

독서표어를 시대적으로 분석해 보면 독서주간 시대인 1960년대와 1970년대는 박정희 정권시대로 경제개발 시대라 할 수 있다. 독서표어도 건설, 나라 빛내자, 밝은 살림, 근대화, 밝은 나라, 잘 살자, 희망, 줄어드는 사회악, 발전하는 국가, 민족 중흥, 밝은 사회, 국력, 빛나는 내일 등으로 독서를 통하여 경제발전, 국가의 발전 등 희망찬 내일에 초점을 맞추고 있다.

80년대 90년대에 들어와서도 근대화, 국가발전, 가정 행복, 즐거움, 미래 등으로 주로 국가 발전과 행복, 미래의 꿈을 나타내고 있다.

독서의 달 시대인 1990년대와 2000년대는 독서생활, 문화, 지혜, 가족, 정보, 꿈, 행복, 지식, 희망 등으로 문화의 시대와 지식정보사회에 관련 된 단어로 표어가 구성되어 있으며, 국민들에게 공모한 표어로 표현이 다양하고 문장이 비교적 길고 서술적인 표어가 많은 편이다.

표어는 그 시대의 목표, 철학 및 그 시대의 상을 잘 나타내주고 있다. 독서표어도 예외는 아니다. 경제개발 시대의 대표적인 독서표어로 "독서하는 국민 발전하는 국가", "독서하는 국민에 따라오는 근대화", "읽어서 앞서고 일해서 잘 살자" 등이다. 지식정보 시대의 대표적인 표어로는 "문화의 세기, 책 읽는 사람이 이끌어 갑니다", "책 속에 작은 여유 생활 속에 큰 정보", "책은 행복을 클릭합니다" 등이 있다.

조사된 표어를 구조적으로 분석해 보면 간결하고 도치된 표어가 많다. 또한 대구와 반복 음절을 쓰고 있다. 또한 문장 유형을 분석해 보면 청유형과 서술형, 명사형이 많고 국어로 된 단어가 대부분이다. (1) 독서표어는 비교적 짧고 간단하다. (2) 독서표어는 도치된 표현이 많다. (3) 독서표어는 대구 표현이 많다. (4) 독서표어는 반복 음절을 사용하고 있다. (5) 독서표어는 청유형이 많다. (6) 독서표어는 서술형이 많다. (7) 독서표어는 명사형이 많다. (8) 독서표어는 국어로 표현된 것이 많다. (9) 독서표어는 반복하여 사용되고 있다. (10) 독서표어는 당신의 목표를 나타내고 있다.

Part 6

주제가
있는
글을
읽으면
행복하다

주제가 있는 글을
읽으면 행복하다

1. 독서에 관련된 글

(1) 프랑스의 독서교육

　프랑스는 다른 어느 나라보다도 모국어 교육을 중요시 하는 나라이다. 프랑스에서는 독서가 국어를 아름답게 순화시키는 가장 좋은 방법으로 여기며, 독서환경을 조성하고 독서를 권장하여 체질화 시키고 있다. 우리나라의 초 · 중등학교에 해당되는 학교에서 실시하고 있는 독서교육을 소개하면 다음과 같다.

　프랑스 초등교육의 근본 목표는 중학교 교육을 성공적으로 받을 수 있는 기초지식을 길러주고 스스로 사고할 수 있는 방법을 일깨워 주며 자유의 의미를 알게 하는 것이다. 초등학교 과정은 의무교육이며, 공립의 경우 무상교육이다. 수업연한은 5년이며, 6~10세의 아동이 다닌다. 학년에 따라 3개의 과정으로 구성되어 있는데, 우리나라의 초등학교 1학년에 해당하는 예비과정, 기초과정(초등 2학년), 초등 3학년, 중급과정(초등 4학년), 초등 5학년이 바로 그것 이다. 진급 및 낙제는 과정별 교사협의회, 학부모 협의회, 해당 학부모, 학교 의사, 교육전문가들이 의견을 수렴하여 결정한다. 초등학교의 교과편성을 보면, 프랑스어, 수학, 역사, 지리, 시민교육, 독서교육 등을 중시하는 경향이 있으며 특히 모국어 교육을 강조하고 있다. 수업은 주당 26시간으로 수요일에는 수업이 없고 토요일에는 오전에만 수업이 있다. 어떤 경우에도 주 5일, 주당 27시간을 초과할 수 없다.

프랑스 초등학교 어린이들은 취학 연령에 이르기도 전에 이미 습득되어 있는 말하기 능력과는 달리 읽기학습은 대부분 초등학교에 진학하여 체계적으로 공부하게 된다.

초등학교 만 5세까지 동안의 독서교육 목표는 ① 어린이들이 책, 잡지, 신문, 사전, 포스터, 카드 등과 같은 다양한 유형의 인쇄물을 구별하여 알고, 각각 다른 유형들이 왜 사용되는지 알게 한다. ② 책의 제목과 페이지 그리고 목차 등 어떻게 구성되고 어떻게 조직되어 있는지 알게 한다. ③ 도서실을 이용하는 방법 즉 책의 분류를 이해하고 원하는 책이나 만화, 그림책 등을 고르고 자료를 모으는 것을 배우게 한다. ④ 교실독서실을 만드는데 참여하게 한다. ⑤ 이야기나 간단한 정보

놀이 규칙 등을 이해하게 한다. ⑥ 자주 쓰이는 어휘를 식별할 수 있는 능력을 기르는 것이다.

다음 만 5~7세까지 3년간은 글의 의미를 이해시키기 위하여 글 읽기 공부를 많이 시킨다. 그리고 다음 만 8~10세까지는 필요에 따라 책을 골라 읽고, 원하는 자료를 찾을 수 있으며, 또한 분량이 좀 많은 책도 읽고 자신의 의견을 말할 수 있게 한다.

프랑스에서는 초등학교의 초기 2년, 즉 우리나라의 1, 2학년에 해당되는 때에는 "독서교육"이 실시된다. 독서교육을 통해 어린이들은 독서라는 것이 무엇이며 어떤 것을 읽고 어떻게 읽는가를 배우게 된다. 바로 이 독서교육이 글 읽기에 취미를 갖게 하고 어릴 때부터 독서를 생활화할 수 있게 해 준다.

프랑스 교육부는 각 초등학교를 졸업할 때까지 각 학교 여건에 맞게 독서교육을 포함한 학교계획을 수립하게 한다. 초등학교에는 독서교육을 위한 독서용 교과서가 있다. 이 교과서는 다양한 출판사가 교육부에서 결정하여 보내준 지침에 맞게 독자적으로 구성하고 판매한다. 독서용 교과서의 선정은 교사가 전적인 재량권을 갖고 있다. 매우 다양한 종류의 독서용 교과서 가운데서 가르치는 교사와 배우는 학생에게 가장 적합하고 교육과정을 가장 잘 따른 것을 선택하여 사용한다. 프랑스 교육부는 초등학교용 권장 독서목록을 만들지도 않고 선택하는데 아무런 간섭도 하지 않는다. 그야말로 자율적으로 선택하여 자율적으로 교육을 한다. 학교와 교사들을 믿고 맡긴다.

프랑스에서는 초등학교 2학년 수준에서 대략 1주일에 1권을 읽도록 유도하고 있다. 책의 내용은 전 분야에 걸쳐 독서할 수 있도록 골고루 선택하게 하고, 만화, 그림책 등 다양하게 독서할 수 있도록 지도한다. 독서교육을 위해 각 초등학교는 도서관을 운영하고 있다.

우리나라에서는 2007년까지 모든 초·중·고등학교에 학교도서관을 건립하도록 계획을 세우고 차근차근 진행하고 있는데, 프랑스에서도 학교도서관을 건립하고 있으며, 공간이 좁거나 시설이 부족한 학교에서는 따로 도서관은 못 만들더라도 교실 한 쪽을 도서관 코너로 꾸며 사용하기도 한다. 각 학교에서는 독서용 교과서를 일괄 구입하여 사용하기도 하지만 다른 한 편으로는 각자가 정기적으로 구독할 수 있다. 다양한 주제의 글들이 실려 있는 정기구독물이 매주 또는 매월 도착함으로써 학생들의 호기심을 불러일으키고 동기를 유발시켜 자신이 알지 못했던 다른 분야의 정보를 접하게 됨으로써 새로운 분야에의 관심을 발견하기도 한다. 그리고 교실의 적당한 코너에는 학생이 집에서 읽은 책을 가져와서 전시할 수 있게 함으로써 독서를 유도하고 책을 서로 교환해서 읽을 수 있는 기회를 만들기도 한다.

독서교육을 위하여 가장 널리 활용되는 방법으로는 '독서카드 만들기'이다. 학생이 책을 읽으면 미리 만들어진 일정한 양식의 독서카드를 한 장씩 작성하게 된다. 학생들은 수업시간에 함께 읽은 책을 가지고 독서카드를 작성하는 방법을 배운다. 그리고 수업시간 또는 가정에서 읽은 모든 책에 대하여 여러 가지 방식으로 카드를 작성한다.

저학년은 처음에는 가정에서 책을 읽고 학부모와 함께 독서카드를 작성한다. 시간이 지나 독서카드 작성에 익숙하게 되면 그다음에는 점점 학생 스스로 카드를 작성할 수 있게 한다. 그리고 작성된 카드는 교실에 비치된 자신의 독서카드 함에 넣어둠으로써 교사는 학생의 독서상태를 언제든지 점검할 수 있다.

프랑스의 중학교 교육은 고등학교 교육을 잘 받을 수 있는 지식과 기능을 길러주는 것이 교육 목표이다. 이러한 교육목표에 이르기 위해서는 중학교에서 가르쳐지는 모든 과목은 과목별 목표 이전에 우선적으로 다음 3개의 일반목표에 도달해야 한다고 전제하고 있다. 첫째는 논리적 사고력을 기른다. 둘째는 쓰기, 말하기, 영상표현 등 3가지 능력을 기른다. 셋째는 스스로 학습할 수 있도록 하자.

수업연한은 4년(6~3학년)이고 11~14세의 학생이 취학하며 이 기간은 의무교육기간에 해당된다. 교육과정은 적응과정인 6학년(우리나라 초등 6학년), 중심과정인 5~4학년(중등 1~2학년), 방향지도과정인 3학년(중등 3학년)으로 되어 있다.

중학교부터는 교육부에서 해마다 권장 독서목록을 만들어 '교육지침'과 함께 발표 한다. 이 목록에 올라있는 도서를 중심으로 하여 학교와 가정에서는 독서교육을 실시한다. 중학교 과정은 학생들이 각자의 인생 진로로 흩어지기 전에 모든 학생에게 공통교육이 실시되는 마지막 단계이다. 언어적으로 교양적으로 동일한 기초 지식을 학생들에게 제공할 필요가 있고, 성숙한 나이에 도달한 중학생은 이제 사회생활의 능동적인 참여자로서 자신의 가치관을 조직하고 표현하게 된다.

프랑스의 중학교 1학년 독서교육의 목표는 "① 독서에의 취미를 기른다. ② 다양한 장르의 글을 읽는다. ③ 글의 논리적 연관성을 이해한다. ④ 그리스-라틴 및 유대 크리스트교와 같은 프랑스 사회의 원천을 이루는 공통교양의 중심요소를 익힌다"이다. 즉 중학교 1학년 학생의 독서교육 목표는 독서를 통해 글에 나타난 논리적 관계와 함축적 의미를 파악할 수 있는 능력을 기르는 것이라 할 수 있다.

이에 따라 독서 내용은 크게 다섯 가지 분야로 나눌 수 있다. ① 고대의 유산이 들어 있는 글로, 성경, 호머의 오딧세이, 베르길리우스의 아이네이스 등이다. 그러나 이 분야의 독서는 역사과목 교육과정과 중복될 수 있으므로 매우 간략하게 다룬다. ② 장르별로 접근하며 프랑스 또는 외국의 동화, 우화를 포함한 시, 희곡 발췌문 또는 짧은 프랑스 희곡 등이다. ③ 수준이 있는 청소년 문학을 다룬다. ④ 백과사전이나 각종 교본과 같은 정보획득용 독서를 한다. ⑤ 책이나 만화, 사진책 등의 그림 텍스트와 동영상 텍스트 등이다.

프랑스에서 독서교육의 진흥을 위해 실시하는 몇 가지 방법을 살펴보면 다음과 같다.

① 취학 전 어린이들에게도 모국어를 깨우치는 데 주력하기 때문에 책과 친근한 친구가 되게 하며 읽는 즐거움을 몸에 배게 한다. ② 초등학교에서는 짧고 아름다운 시나 문장을 암송하게 한다. ③ 날마다 동화책을 읽어 주어 독서에 대한 흥미를 유발시킨다. ④ 매일 오후 자유시간에는 독서 환경을 만들어 주고 어린이들이 자기 마음에 맞는 동화책을 선정하여 읽도록 권장한다. ⑤ 지방교육자료센터의 정기간행물에 전국에서 수집된 독서교육 사례를 소개하여 생각과 방법을 공유하도록 권장한다. ⑥ 독서경진대회이다. 학생을 대상으로 하여 경진대회를 개최하며 작품쓰기 등을 유도하여 독서에 관심을 갖게 한다.

프랑스에서는 2,000여 개 초등학교에서 '읽기와 읽히기'의 할아버지·할머니 자원봉사자들을 받고 있다고 한다. 교실 수업 수준과 내용에 맞도록 자원 봉사자들이 읽어 줄 책을 제공하고, 학생들을 2–명씩 소규모 그룹으로 나눠 '대화식 독서지도'가 될 수 있도록 준비한다. 학교 측에서는 저학년들에게 책 한 권을 소리 내어 읽어줄 여력과 시간이 없는 교사들을 대신해서 등장한 할아버지·할머니가 고마울 따름이다. '읽기와 읽히기'의 자원봉사자들은 아이들에게 동화책을 읽어주는 데 그치지 않는다. 아이들이 직접 책을 큰 소리로 읽도록 하면서, 표현력과 발표력, 의사소통 능력을 키워준다.

'읽기와 읽히기'를 담당하는 어르신들은 신규 회원으로 가

177

입한 어르신을 전문가로부터 간단한 독서 지도 교육을 받게
하고 있다. 천천히 책을 읽으면서 아이들이 따라오는지 확인
하고, 어려운 단어는 설명해주고, 목소리의 톤은 수시로 바꾸
며, 때때로 시각자료를 이용하라는 등등의 기본 요령을 익혀
준다. 자원봉사 어르신들은 아이들과 함께하는 독서시간을
보내며 행복한 생활을 하고 있다.

프랑스의 독서교육은 모국어교육으로 시작합니다. 취학 전
부터 말하기 교육을 하고 학교에 들어오면 읽기학습을 통하여
글 읽기 교육을 시킨다. 아이들이 책을 큰 소리로 읽도록 하면
서, 표현력과 발표력, 의사소통 능력을 키워준다. 그리고 학교
도서관을 건립하여 독서환경을 조성하고 초등학교 초기부터
정규 수업시간에 독서교육을 한다. 초등학교 2학년 수준에서
1주일에 1권 정도 읽도록 유도하며 독서카드를 쓰게 한다.

프랑스는 가정과 학교, 사회, 정부, 그리고 교육전문단체가
함께 노력하고 있는 독서교육 강국이다.

(2) 대학생과 독서문화

흔히 사람들은 대학 시절을 가리켜 인생의 황금기라고 부
르곤 한다. 왜냐하면 캠퍼스 생활을 비롯한 긴 방학이 모두 자
기 시간이며, 전적으로 자신의 성장과 자아의 완성을 위하여
쓸 수 있는 시간이 많기 때문이 아닌가 생각한다. 또한 자아를
탐색하고 인생의 의미를 발견하며 사랑과 우정의 철학을 터

득하고 일과 세계의 참뜻을 생각하는 일에 몰두할 수 있기 때문이 아닌가도 생각해 본다. 대학생활은 틀에 짜여진 생활보다는 많은 부분을 스스로 만들어 가는 생활이라 할 수 있다.

중·고등학교의 시절이 억제와 유보의 생활이라면 대학은 보다 자유로운 창조의 생활이다. 대학에서의 공부는 강의실에서 배우는 것보다 학생 스스로 도서관에서 문헌을 찾아 참고하고 연구하며 문제를 해결하는 것이 보다 바람직한 방법이다.

대학에서 학업을 성공적으로 마무리하고, 바람직하고 보람 있는 생활을 해 나가기 위해서는 이루어야 할 과업들이 많이 있지만 무엇보다 중요한 것은 독서이다. 대학생의 독서는 대학 4년의 캠퍼스 활동뿐만 아니라 장차 살아갈 평생의 인생 노정을 결정지어 주는 중요한 과업 중의 하나이다. 우리는 지나간 대학 생활 가운데 독서 생활에 대하여 자기에게 "도서관은 몇 번이나 이용했는지? 몇 권의 책을 읽었는지?" 스스로 묻고 돌아볼 필요가 있다. 캠퍼스 곳곳에 펄럭이는 "책 속에 있는 길, 읽으면 나의 길", "가을은 독서의 계절, 책이 있는 도서관으로", "벗 삼아 읽는 책, 평생의 스승"이라는 플래카드와 표어는 우리를 한층 더 독서 삼매경으로 빠져들게 하는 데 충분한 분위기이다. 독서력은 국력이다. 독서력은 학력이다. 책 읽지 않는 국민은 문화 국민이 될 수 없다.

우리는 지난 1993년 '책의 해'를 맞이하여 한국도서관협회와 대한출판문화협회가 공동으로 독서새물결운동추진위원회를 조직하고, 93년 출발의 해, 94년 발전의 해, 95년 확산의 해, 96년 성숙의 해, 97년 올해를 정착의 해로 정하고 독서운동을 5년 동안 꾸준히 전개해 왔다. 그 결과 도서관 및 독서진흥법이 제정되고, 9월을 독서의 달로 정하게 되어 국민 독서생활이 증진되었으며, 독서 진흥에 공헌한 사람과 단체에 주는 독서문화상도 대통령 표창으로까지 제정하게 되었다. 문화체육관광부는 2012년을 '독서의 해'로 정하고 '책 읽는 소리, 대한민국을 흔들다'라는 표어 아래 독서운동을 펼쳤다.

참으로 바람직하고 박수를 받을 만한 활동이라 생각하며 감사의 마음을 보낸다. 독서하는 대학생은 교양있는 학생이다. '책 든 손 귀하고 읽는 눈 빛난다'는 표어처럼 손에 책을 든 대학생은 귀하고 지성이 넘친다. 대진 대학생은 전공에 관한 기초 지식을 쌓고 대학 생활에 필요한 교양을 얻기 위해서 동·서양의 문학 및 사상을 골고루 섭렵하며 독서해야 할 것이다.

본교 중앙도서관에서는 해마다 9월 독서의 달을 맞이하여 대학생 독서감상문 쓰기 대회와 다독자 표창 실시를 공고하고 3월부터 9월 말까지 도서관 이용자(학생·교수·직원)의 도서 대출 현황을 조사하고 있다. 그 결과 작년의 경우 이용한 상위 50명을 분석해 보면 가장 많이 대출해 간 이용자가 140여 권, 가장 적게 대출해 간 이용자가 50여 권이며, 그 중에서 100권 이상 대출해 간 학생이 5명이다. 50명 중에는 교수 4명, 조교 1명, 직원 1명, 대학원생 2명이며 학생은 42명이다. 학생 42명을 학부별로 분석해 보면 인문학부 15명, 사회학부 2명, 이학부 5명, 공학부 20명으로 공학부 학생의 도서관 이용과 도서대출이 많은 경향으로 나타났다. 인문학부 15명 중에는 문헌정보학과 학생이 4명으로 제일 많고, 그다음이 대순종학과 학생이 3명이며, 공학부 20명 중에는 건축공학과 학생이 6명으로 가장 많고, 그다음이 컴퓨터공학과 학생이 4명이다. 독서의 달인 9월의 대출 현황을 살펴보면 교수 50권, 조교 16권, 대학원생 20권, 직원 37권, 학부생 2,705권(1부 학생 1,867권, 2부 학생 848권)으로 총 2,838권이다. 또한 100권 이상 대출한 학과가 7개 학과인데, 가장 많이 대출한 학과는 건축공학과가 222권, 컴퓨터공학과가 199권, 국어국문학과가 154권, 전기ㆍ전자ㆍ전파공학부 139권, 대순종학과 138권, 영어영문학과 137권, 문헌정보학과 128권, 수학과가 109권이다. 또 주제별로 50권 이상 많이 대출된 도서를 중심으로 조사해 보면 미국문학이 878권으로 가장 많고, 그다음이 컴퓨터 및 전산학 관련 도서 286권, 공학 198권, 독일문학 181권, 아시아 역사 84권, 건축학 79권, 물리학 77권, 사회과학 63권으로 나타났고, 그 외 심리학, 정치학, 풍속과 민속, 프랑스 문학, 경영학 순으로 나타났다. 자료실이나 정기간행물실과 참고열람실, 자유열람실 이용자를 제외한 도서대출 현황만을 조사했지만 좋은 시설과 많은 장서, 그리고 생활관의 많은 학생 수 등 잠재적 이용자에 비하여 대출도서가 그리 많지 않은 현상이다. 늘 책을 벗 삼고, 책을 가까이 하는 대진인이 되기를 바란다.

본 대학 중앙도서관은 대학의 짧은 역사에도 불구하고 웅장한 독립 건물에, 넓은 공간, 질 높고 많은 장서, 깨끗하고 편리한 공간 등 참으로 자랑할 만한 시설이요, 문화공간이다.

우리 모입시다. 도서관에!
우리 갑시다. 도서관으로!
꿈과 낭만이 있고 정보와 지식이 그득한 중앙도서관으로 말이다.
그리하여 새로운 대진의 문화, 독서문화를 창조하자.
9월은 독서의 달이다.

독서의 달에 대진 대학생의 독서문화를 다시 한 번 생각해 본다.

(3) 책과 독서 관련 행사

책과 독서와 관련된 행사는 어떤 것이 있을까? 도서관이나 서점에서 개최되는 작가와의 대화, 사인회, 전시회 등 각종 행사가 있다.

특히 4월 12일부터 18일까지 한 주간이 도서관주간이다. 2013년 올해는 49회째나 되는 도서관주간이다. 올해 도서관주간을 맞이하여 다양한 행사가 전국 도서관에서 펼쳐졌다. '힐링이 필요한 순간, 도서관이 함께 합니다.'라는 표어 아래, 각 도서관은 도서관 이해와 독서문화를 높이기 위해 표어, 포스터, 현수막을 부착하고, '도서관 장터', '도서관 견학', '다문화 이해 프로그램', '북아트' 등을 개최하였고, 작은 도서관, 어린이 도서관도 지역사회 주민들과 어린이를 위하여 다양한 프로그램을 마련하였다.

4월 23일에 개최하는 세계책의 날 행사이다. 이날은 1995년 유네스코 총회에서 도서보급과 독서 장려를 위하여 정한 날이다. 세계적인 대문호 세르반테스와 셰익스피어가 서거한 날이기도 하다. 2013년 올해는 19회째 되는 세계책의 날이다.

해마다 6월 초에 개최되는 서울국제도서전이 있다. 2013년은 "책, 사람 그리고 미래"라는 주제 아래 지난 6월 19~23일까지 서울의 코엑스 태평양관에서 개최되었다. 서울국제도서전에 가면 신기한 책, 세계에서 가장 오래된 책, 작은 책도 있다. 어린이도서 코너에는 사람들이 제일 많다.

매년 9월은 독서의 달은 한국도서관협회가 발족한 1955년부터 시작된 독서주간(9월 23~30일)이 1993년까지 시행되어 오던 중, 1994년 도서관 및 독서진흥법 제정에 의하여 반드시 실시하여야 하는 국가적 행사가 되었다. 2013년 올해는 20회째 되는 해이다. 문화체육관광부에서는 독서문화 진흥 유공자들에게 포상을 하고, 공공도서관에서는 독서의 달에 가족 문학의 밤, 학생 시화전 개최, 책 바꿔가기 장터 운영, 독후감 공모와 시상, 자녀독서지도 특강, 다독자 및 모범이용자 시상 등 다양한 행사를 한다.

10월 11일은 책의 날이다. 이 날은 팔만대장경이 완성된 날

이다. 대한출판문화협회가 각 계의 의견을 모아 제정한 날이
다. '책의 날'은 찬란한 우리 출판문화의 전통을 다시 한 번 내
외에 널리 알리고, 세계사의 주역으로 나서기 위한 각오를 새
롭게 다짐하는 날이기도 하다. 2013년 올해는 27회째 되는 책
의 날이다. 우리 모두 책과 독서에 관련된 날을 기억하자. 그
리고 참여하자.

(4) 디지털 시대와 책 읽기

디지털 시대는 독서의 역할이 매우 중요하다. 많은 양의 지
식과 정보를 선택하여 활용하는 능력이 요구되기 때문이다.
디지털 시대는 정보의 종류와 양이 급격하게 증가한다. 독서
를 통하여 정보 활용능력을 배양하지 않으면 홍수처럼 쏟아
지는 정보의 바다에 빠질 수밖에 없다. 정보를 선택하고 활용
하는 능력과 지식을 창조하는 능력은 독서를 통해 키워진다.

영상매체가 중심이 되는 디지털 시대는 주로 직관과 느낌
을 강화하는 반면에 논리와 분석력은 약화된다. 영상 중심의
매체 환경은 상상력과 지적 활동을 빼앗아 갈 수도 있는 것이
다. 독서는 인간의 상상력을 자극하고 지적 활동을 왕성하게
하는데 가장 효과적이다. 디지털 환경에 효율적으로 적응할
수 있는 적응력과 창의력은 바로 독서를 통해 가장 효과적으
로 얻을 수 있는 것이다.

디지털 시대의 중심은 인터넷이다. 인터넷이 이제는 일상

적 삶과 긴밀한 관계를 갖게 되었다. 인터넷이 제공하는 영역은 텍스트뿐만 아니라 음악, 게임, 오락, 그림을 비롯한 미술 등 다양한 정보이다. 종래에는 문자정보는 책이나 인쇄매체로, 음악이나 영상은 비디오나 CD로 듣고 볼 수 있었지만 오늘날은 인터넷으로 정보의 속성과 종류에 관계없이 디지털 정보로 저장하고 인출할 수 있게 되었다.

아날로그 시대의 책 읽기 방식에 익숙한 사람들은 주로 순차적 책 읽기에 익숙한 사람들이다. 군데군데 뛰어넘어서 필요한 부분만 골라서 읽을 수 있지만 여전히 언어적 정보가 순차적으로 배열돼 있기 때문에 인터넷에 링크된 상태로 연결돼 있는 텍스트 읽기 방식에 익숙하지 않다. 디지털 텍스트와 멀티미디어 학습자원이 네트워크에 실려 있어도 프린트 아웃해서 책상에 앉아서 읽어보는 방식은 아날로그 시대의 대표적 학습방식이다. 이들에게 학습은 곧 '읽으면서 학습'하는 방식을 의미한다. 인터넷에 링크되어 있는 정보를 전통적인 읽기방식으로 소화해 내기에는 여전히 낯설 수밖에 없다. 디지털 시대는 지식정보와 같은 무형의 실체가 네트워크를 통해 유통되는 시대이다.

아날로그 정보는 일단 생산되면 시간의 흐름과 더불어 생성된 정보가 정보를 필요로 하는 사람의 목적과 관심에 따라 쉽게 변화되기 어려운 반면에 디지털 정보는 정보 활용 주체의 목적과 관심에 따라 원하는 방향으로 자유자재로 변형이 가능하다.

디지털 정보는 아날로그 정보에 비해 양적 변화수준을 뛰어 넘어 질적 속성의 변형이, 그것도 복제비용이 거의 들지 않는 상태에서 가능하다.

현대 사람들은 책 읽기를 소홀히 하고 있다. 디지털 시대라서 그런지 바쁘다. 학생도, 교사도, 아버지도, 어머니도 바쁘다. 누구나 바쁘다. 모두 바쁘다. 바쁘다는 핑계로 독서하지 않는다. 그러나 열심히 독서하고 회사를 경영하는 CEO가 있다. 독서를 통하여 회사의 경쟁력을 높이는 사장이다. 이른바 독서경영을 하는 CEO를 말한다. 사장이 독서하고 사원들에게 독서환경을 만들어 독서하게 한다. 독서하면 인센티브를 준다. 독서 이력을 승진, 승급, 연봉에도 참작한다. 우리는 책을 읽어야 한다. 그리하면 창의력이 높아진다. 우리 모두 독서하자.

(5) 스마트 시대의 책 읽기

스마트(Smart)란 다양한 뜻을 가지고 있다. 사람이 '맵시 좋은, 말쑥한', 옷 등이 '깔끔한, 맵시 있는', '똑똑한, 영리한', 움직임 등이 힘 있고 '잽싼, 활기찬', '상류층의, 고급의' 등 여러 가지 뜻이 있다.

스마트는 '편리함'과 '효율성'을 추구하는 시대적 필요성에 의해 탄생하였다. 스마트는 정보시대를 살아가는 사용자들의 수요가 반영되어 나타난 변화(Demands Pull)라는 것이다.

스마트화는 단기간의 열풍이 아니라 일종의 메가트랜드(대변혁)라 할 수 있다. 한때는 가전제품에 퍼지(Fuzzy/인공지능), TANK(고장 없이 튼튼한 자전제품)라는 용어가 많이 사용되었다.

정부의 마스터플랜에 의하면 2015년까지 공무원, 노동인구의 30%까지 스마트워크(Smart Work)로 업무를 처리할 수 잇게 한다고 하였다. 스마트워크는 스마트폰, 인터넷, IPTV, 케이블 등 각종 방송 통신서비스를 기반으로 장소와 시간에 구애됨이 없이 업무를 볼 수 있는 환경이다.

스마트 시대의 도래는 스마트폰의 등장이 기폭제가 되었다. 영상매체가 중심이 되는 디지털 시대는 주로 직관과 느낌을 강화하는 반면에 논리와 분석력은 약화되기 쉽다. 영상 중심의 매체 환경은 상상력과 지적 활동을 빼앗아 갈 수도 있는 것이다.

그러나 콘텐츠를 잘 활용하면 스마트폰으로 대변되는 스타트 시대에도 독서는 충분히 할 수 있다. 독서는 인간의 상상력을 자극하고 지적 활동을 왕성하게 하는데 가장 효과적이다. 스마트 환경에 효율적으로 적응할 수 있는 적응력과 창의력은 바로 독서를 통해 가장 효과적으로 얻을 수 있는 것이다.

그러므로 스마트 시대에는 독서의 역할이 더욱더 중요하다. 스마트폰의 다양한 콘텐츠에서 많은 양의 지식과 정보를 선택하여 활용하는 능력이 특별히 요구되기 때문이다. 스마트 시대는 콘텐츠의 종류와 양이 급격하게 증가한다. 독서를 통하여 정보 활용능력을 배양하지 않으면 홍수처럼 쏟아지는 콘텐츠 바다에 빠질 수밖에 없다. 콘텐츠를 선택하고 정보를 활용하는 능력과 지식을 창조하는 능력은 독서를 통해 키워진다.

스마트 시대의 중심은 스마트폰이다. 스마트폰이 이제는 일상적 삶과 긴밀한 관계를 갖게 되었다. 버스, 지하철, 휴식처, 공원, 사람이 있는 곳이면 어디를 가도 스마트폰으로 무엇인가 검색하고 있다. 스마트폰이 제공하는 영역은 텍스트뿐만 아니라 음악, 게임, 오락, 동영상 등을 비롯한 다양한 정보이다. 종래에는 문자정보는 책이나 인쇄매체로, 음악이나 영상은 비디오나 CD로 듣고 볼 수 있었지만, 스마트 시대에는 스마트폰으로 어떤 정보라도 디지털 정보로 저장하고 인출할 수 있게 되었다.

스마트 시대는 무형의 정보가 스마트폰을 통해 유통되는 시대이다. 아날로그 정보는 정보를 필요로 하는 사람의 목적과 관심에 따라 쉽게 변화되기 어려운 반면에 디지털 정보는 정보 활용 주체의 목적과 관심에 따라 원하는 방향으로 자유자재로 변형이 가능하다.

현대 사람들은 종이책 읽기를 소홀히 하고 있다. 그러나 스마트폰으로 얼마든지 책을 읽을 수 있다. 신문기사, 전자책, 영상 등 많은 콘텐츠가 개발되어 공급되고 있다. 참 편리한 시대이다. 종이 책 읽기가 어려우면 스마트폰으로 독서하자. 휴대하기 좋고 언제, 어디서나, 누구나 독서할 수 있다. 너도, 나도, 모두 책을 읽어야 한다. 독서하면 창의력이 높아진다. 스마트 시대에 스마트하게 독서하자.

(6) 다시 '독서의 달'은 오고 있는데……

미래사회는 꿈의 사회(dream society)이다. 꿈의 사회는 창의력과 상상력이 중심이 되는 사회이다. 꿈과 이미지에 의해 움직이는 사회인 것이다. 경제의 주력 엔진이 '정보'에서 '이미지'로 넘어가는 사회이다. 꿈과 이미지는 창의력과 상상력에서 생성되는 것이다. 창의력과 상상력은 독서에서 출발한다. 독서는 삶을 풍요롭게 하는 마음의 양식이다. 우리는 독서를 통하여 살아가면서 부딪치는 수많은 문제에 대한 해답을 얻을 수 있다. 한 권, 두 권 읽은 책의 내용들은 모두가 값진 보배이다. 독서는 평생의 과업이다.

올해도 어김없이 9월 독서의 달이 닥아 오고 있다. 도서관이나 서점, 독서단체에서 행사 준비에 바쁘다. 독서의 달을 제정한 것은 바람직하다. 그러나 특정한 달이나, 장소에서만 독서하는 것은 아니다. 독서는 언제, 어디서나, 꾸준하게, 특별히 시간을 내어서, 의도적으로 하는 것이다. 독서하는 방법은 다양하다. 훑어보기, 빨리 읽기, 꼼꼼히 읽기, 판단하면서 읽기 등이다.

"책을 읽는 것은 책이 말을 걸어오고, 우리들의 영혼이 그것에 대답하는 끊임없는 대화"라고 한다. 독서의 의미와 장점을 함께 표현한 말이다.

도서관은 있으나 책을 읽는 이용자가 없는 도서관, 책을 읽고 싶어도 어떤 책을 어떻게 읽는 것이 좋은지를 모르는 청소년들, 독서에 관심은 있으나 효과적인 지도 방법을 익히지 않는 어른들……. 모든 것이 안타까운 오늘의 현실이다. 우리 모두 "거실을 서재로!" 독서 환경을 만들고, 독서에 관심을 갖자.

청소년들은 현재 생활은 물론이요, 미래의 생활을 위해서라도 올바른 독서법을 알아야 한다.

'사숙(私淑)'이라는 말이 있다. '직접 가르침을 받지 않았지만 그 사람을 사모하며 본받아서 도나 학문을 닦음'이라는 말이다. 이 말의 출전은 『맹자(孟子)』이다. 맹자는 공자(孔子)보다 100여 년 뒤에 태어났다. 당연히 그는 공자로부터 직접 가르침을 받을 수 없었지만 그가 항상 마음속에 자신이 본받아야 할 모범으로 간직하였던 것은 바로 공자의 삶이었다. 맹자는 이런 자신의 행위를 '사숙'이라고 불렀던 것이다.

청소년 시절에 훌륭한 자서전이나 인물 평전을 읽기를 권한다. 그것은 우리에게 감동을 줄 뿐 아니라, 본받아야 할 삶의 길을 제시하기 때문이다.

9월은 독서의 달이다. 책을 읽어 우리 앞날을 밝게 열어 가자. 읽으면 행복하다.

올해도 다시 '독서의 달'은 오고 있는데 ……

공공도서관에는 얼마나 많은 사람이 찾아올까? 우리 모두 책을 읽자. 미래의 사회는 꿈의 사회이다.

(7) 청소년 독서와 미디어 시대

오늘날 우리나라 청소년들은 주로 미디어와 함께 생활하고 있다 하여도 지나침이 없다. 특히 스마트폰, 인터넷, 애니메이션, 게임 등의 재미있는 미디어는 청소년들을 미디어홀릭으로 만들고 있는 실정이다. 이러한 사실이 부정적인 것만은 아니지만 걱정되는 것은 청소년들이 문자 미디어로 이루어지는 독서를 재미없는 것으로 생각하여 멀리하기 쉽다는 데 있는 것이다.

책은 전통적인 paper book과 현대적인 electronic book, mobile book, ubiquitous book으로 나눌 수 있다. 청소년들은 영상 언어에 익숙하여 p-book(종이책)을 멀리하는 경향이 있다.

우리는 바로 이점을 주목해야 한다. e-book, m-book, u-book은 콘텐츠(내용)를 자세하게 보여주고 설명해 주는 특징이 있다. 특히 영상미디어는 주는 것을 받기만 하면 될 뿐만 아니라 재미까지 더해 준다. 그러나 p-book을 통한 독서는 집중해야 하고 사고해야 하기 때문에 힘들고 많은 노력이 필요한 것이다.

청소년들에게 독서는 중요하다. 인터넷이 21세기 정보사회를 이끌어 간다하여도 그것을 움직이는 주체는 사람이다. 즉 첨단기술을 개발하는 아이디어는 인간의 두뇌에서 나오는 것이다. 그러므로 결국 디지털 세계에서도 핵심은 창의력이다. 창의력의 기반에는 지적인 체험이 필요하고, 그 지적인 체험을 쌓는 지름길이 바로 '독서'인 것이다. 그러므로 독서는 중요하다.

어느 나라를 불구하고 영상세대, 네트워크 세대의 청소년들이 독서를 멀리하고 있다고 한다. 그러므로 문자언어보다 영상언어를 좋아하는 이들에게 차별적인 독서진흥이 필요한 것이다.

선진국들은 청소년들의 독서진흥을 위한 다각적인 활동을 펼치고 있다. 우리도 영상세대의 특성을 살려 영상세대에 맞는 독서 방안 모색이 필요하다.

책은 콘텐츠를 담고 있는 용기(container)가 중요한 것이 아니라, 그 안의 콘텐츠가 중요하다는 사실을 청소년들에게 가르쳐야 한다. 그리고 그 콘텐츠는 활자로만 되어 있는 것이 아니라 다양한 미디어로 이루진다는 것도 가르쳐야 한다. 종이와 활자 미디어로 한정된 독서가 아니라 좀 더 폭넓은 의미의 독서로서, 다양한 콘텐츠를 통하여 읽고, 분석하고, 이해하고, 수용하는 행동을 모두 포괄하는 의미의 독서로의 개념 변화가 필요하다.

스마트폰에 익숙한 청소년들에게는 올바른 독서를 할 수 있게 해주어야 한다. 스마트폰을 대변하는 뉴미디어 시대를 살아가는 우리 청소년들에게는 많이 읽고(다독), 많이 생각하고(다상량), 많이 쓰는 것(다작)이 중요하다는 것을 강조하고 싶다.

(8) 한국 독서운동의 특징과 실태

독서운동이란 독서를 잘 할 수 있도록 하는 적극적인 활동이다. 한국의 대표적인 민간 독서운동으로는 엄대섭이 1961년에 설립한 마을문고보급회의 마을문고보급운동이다. 관 중심으로는 국립중앙도서관이 1949년에 전개한 국민개독운동을 들 수 있다.

몇 년 전부터 문광부에서는 지식사회에 대비하기 위해 독서를 통해 신지식인을 양성한다고 하여 독서홍보와 함께 독서기반 조성, 제도개선 등을 통해 독서운동을 추진해 왔다. 그러나 그동안 정부에서 추진해 온 운동들이 일과성으로 끝난 경우가 많았지만 이번에는 기업 · 언론 · 사회단체 등 여러 분야의 자율적 참여를 끌어내고, 정부는 뒤에서 지원만 함으로써 지속적 운동이 되게 하겠다고 밝힌 바도 있다. 그 후 한국의 독서환경은 법과 제도적으로 많이 향상되었다.

도서관법과 독서진흥법이 개 · 제정되고 지방자치단체 중심으로 공공도서관이 많이 건립되고 있고, 기적의 도서관, 어린이 도서관, 작은 도서관 등 공사립도서관이 건립되고 있다. 한도서관 한 책 읽기, 한 도시 한 책 읽기, 책 읽는 도시 선포 등 다양한 독서운동을 전개하고 있다. 참으로 바람직한 현상이라 생각한다.

특히 문화체육관광부, 국립중앙도서관을 중심으로 전개하고 있는 작은도서관운동은 지속적으로 추진되어야 한다. 2007년 9월 12일 '온누리에 작은도서관'이란 주제로 개최된

제1회 대한민국도서관 축제는 도서관 발전을 바람직한 독서 운동이라 생각된다. 아무쪼록 홍보성, 이벤트성으로 끝나지 않고 지속적으로 추진되어야 할 것이다.

무엇보다 중요한 것은 독서를 위한 기반조성이다. 단기적인 행사 위주보다 독서를 위한 인프라 조성이 중요하다. 실질적인 것은 출판산업 진흥이요, 도서관 확충이다. 또한 민간이 하고 있는 각종 독서관련 단체에게 관심과 지원이다. 독서운동이 계획적이고, 지속적으로 전개될 수 있도록 민간단체에게 많은 예산을 지원해야 한다.

우리의 독서 실태는 걱정스럽다. 최근 국민독서 실태조사에 의하면 1년에 1권 이상 일반도서를 읽었다고 응답한 성인은 76%에 불과하였다. 독서시간도 평일 37분, 주말 34분 정도라고 하였다. 학생도, 선생님도, 교수도, 지식인도 책을 읽지 않는다고 하여도 무방할 것 같다. 너나없이 책을 읽지 않는다. 한국인이 책을 읽지 않는 데는 구조적 원인이 있다. 일생 중 가장 왕성하게 책을 읽고 독서 습관을 길러야 할 청소년기에 독서다운 독서를 할 수 없는 데 있는 것이다. 학교도서관을 늘리고, 장서를 구비하고, 사서교사를 배치하고, 독서교육을 제대로 하여야 한다. 공공도서관을 건립하여 지역사회 주민들이 책과 가까이 할 수 있게 하여야 한다.

독서는 지식사회를 대비하는 데 무엇보다 중요한 무기이다. 사실 컴퓨터나 인터넷은 도구일 뿐, 그 내용을 채우는 것은 넓은 의미의 콘텐츠이다. 책이란 콘텐츠가 중요하다.

모든 국민이 책과 가까이 할 수 있는 환경을 만들어 주자. 독서는 나부터 시작하자. 독서운동은 나로부터, 너와 우리로, 가정에서, 직장에서, 일터에서 시작하자. 그리고 독서운동은 관 중심보다 민간 중심으로 전개하자.

다시 한 번 강조하면 독서를 위한 인프라 조성, 출판산업 진흥, 도서관 확충이다. 또한 민간 운영 각종 독서관련 단체에게 관심과 지원이다. 독서운동이 계획적이고, 지속적으로 전개될 수 있도록 민간단체에게 많은 예산을 지원하여 주기 바란다.

(9) 독서와 논술

책을 읽고 자기의 생각을 논리적으로 서술한 글을 흔히 독서논술이라고 한다. 독후감은 책을 읽고 난 후의 감상이나 느낌을 쓴 글이다. 어떻게 보면 독서논술이란 독서감상문 같으면서도 좀 더 논리적으로 쓴 글이라 할 수 있다.

독서논술을 쓸 때는 먼저 책을 읽고 주장할 것이 무엇인지 생각해 본다. 그리고 자신의 주장에 대한 근거를 생각해 본다. 또 내 의견과 다른 사람의 의견도 생각해 본다. 특히 자신의 주장은 확실하게 쓴다. 그리고 책에서 읽은 내용에 대하여 논할 점을 생각한다. 그 다음에 논점에 대한 자신의 입장을 밝힌다. 그리고 생각한 근거를 제시하고, 글을 정리하고 요약하면 된다. 독서논술은 읽은 책의 내용에 대하여 자신의 말을 하는 것이다.

일반적으로 글의 서술 방식은 글을 쓰는 의도와 목표에 따라 크게 설명, 논증, 묘사, 서사로 나눌 수 있다.

설명은 읽는 이를 이해시킬 목적으로 대상의 의미나 원인, 목적 등을 알기 쉽게 풀이하는 서술 방식이다. 설명의 방법으로는 정의와 지정, 비교와 대조, 분류와 구분, 분석, 예시 등이 있다.

논증은 아직 명백하지 않은 사실이나 문제에 대해 그 옳고 그름을 여러 논거들과 추리를 통해 증명함으로써, 읽는 이가 증명한 내용에 동의하거나 확신하게 하고 나아가 행동하게까지 하는 목적을 지닌 서술 방식이다. 논증의 방법으로는 귀납 논증과 연역 논증을 들 수 있다.

묘사는 글쓴이가 대상으로부터 받은 인상을 읽는 이에게 동일하게 받게 하거나, 상상적으로 똑같이 체험하게 하려는 목적으로 대상을 그려내는 서술 방식이다. 묘사의 방법은 주관적 묘사와 객관적 묘사가 있다.

서사는 무슨 일이 일어났으며, 왜 발생했고, 그것이 어떻게 전개되고 있는가 하는, 사태의 구체적 전개 과정을 기록하는 서술 방식이다. 서사의 방법으로는 설명적 서사, 문학적 서사가 있다.

논술의 서술 방식과 성격은 무엇인가? 논술은 논리적으로 서술한다는 말이다. 논술한다는 것은 설명하고 논증한다는 것을 뜻한다. 자기 주장을 증명하려는 글이 논술이다. 논술은 글의 종류로는 논증문에 해당된다. 논증문 중에서도 논설문의 한 갈래이다. 글의 서술 방식으로 볼 때, 논술은 설명과 논증이 결합되어 있다. 논술은 주로 사실을 있는 그대로 기술하고, 사실들의 의미나 원인을 설명하고, 자기 주장을 논리적으로 증명하는 글이기 때문이다.

논술이 논증하는 글이라고 해서 처음부터 끝까지 논증만 하는 것은 아니다. 논증의 설득력을 높이기 위해서 자기 주장에 관련되는 사실들을 있는 그대로 기술하기도 하고, 사물이나 현상의 의미나 원인을 알기 쉽게 설명하기도 하고, 때로는 더 큰 논증을 위해 작은 논증을 하기도 한다. 요컨대 잘 된 논술문은 기술·설명·논증을 필요한 대목에서 알맞게 구사하여 작성한 글이다.

(10) 책만 읽는 바보―간서치(看書癡)

독서가 요즘 중요하다고 자꾸 말하면 바보라 해도 좋을 듯하다. 독서의 중요성을 여러 번 반복하거나 끊임없이 계속하여 말하면 정말 어리석을까?

신문도, 책도, 인터넷도, TV도 온통 독서나 논술이다. 인터넷 검색창에 독서라는 단어로 검색하면 많은 자료가 나타난다. 독서 정보의 홍수이다. '읽으면 행복하다' 'reader가 leader가 된다' '독서하는 사람이 아름답다' 필자가 자주 쓰는 말이다. 형암 이덕무는 자기 자신을 '책만 읽는 바보(멍청이)', 즉 '간서치(看書癡)'라고 불렀다고 한다. 그래서 필자도 독서를 자꾸 말하면 '바보'라고 말해 본 것이다.

정민 교수가 쓰고 도서출판 푸른역사가 펴낸 『미쳐야 미친다-조선 지식인의 내면 읽기―』라는 책을 읽고 문득 생각해 보았다.

정민 교수는 "불광불급(不狂不及), 미치지(狂) 않으면 미치지(及) 못한다. 세상에 미치지 않고 이룰 수 있는 큰일이란 없다. 학문도 예술도 사랑도 나를 온전히 잊는 몰두 속에서만 빛나는 성취를 이룰 수 있다"고 주장하였다. 그 말은 남이 미치지 못할 경지에 도달하려면 미치지 않고는 안 된다는 뜻이다. 미쳐야 미친다. 미치려면[及] 미쳐라[狂]. 주위 사람들에게 광기(狂氣)로 비칠 만큼, 몰두하지 않고는 결코 남들보다 우뚝한 위치에 설 수 없다는 것이다.

독서는 성공의 초석이다. 책을 많이 읽어 훌륭하게 된 사람이 있다. 백독백습 세종대왕, 동경구상으로 유명한 독서광 고(故) 이병철 회장, 독서 습관 강조하는 빌 게이츠, 다독가 빌 클린튼 대통령, 신간을 다 읽는 독서광 리 콴유 수상, 다독가 나폴레옹, 독서로 인생이 바뀐 오프라 윈프리, 기타 독서광 줄리어스 시저, 베토벤, 설교의 제왕 스펄전 목사 등이 있다.

조선 후기 숙종 때에 김득신(1604~84)이라는 사람이 있었다. 그는 『백이전(伯夷傳)』을 억 번이나 읽었다고, 하여 자기의 서재를 '억만재(億萬齋)'라 이름하였다. 그는 독서광이었다. 그의 『독수기(讀數記)』가 유명하다. 그는 책을 읽을 때마다 횟수를 빠짐없이 적어두었다. 그는 독수기에 말미에 '내가 책 읽기를 게을리하지 않았음을 알 것이다. 괴산 취묵당(醉墨堂)에서 쓴다'라고 기록하였다. 국가나 시대, 인종을 초월해서 독서가는 대단히 많음을 알 수 있다. 형암 이덕무처럼 책만 읽는 바보가 되고 싶다. 독서하는 사람이 아름답다.

(11) 스마트 시대와 독서문화 향기

독서문화란 무엇인가? 정의하기가 어렵다. 책 읽는 문화? 책 읽는 문화가 무엇인가? 독서의 생활화? 책을 읽는 것이 하나의 나의 일상 즉 생활로 정착하면 하나의 문화가 형성되지 않을까? 지하철에서, 버스에서 스마트폰으로 무엇인가 열심히 찾고 있는 사람, 게임보다는 신문이나, 전책을 읽고 있는 젊은이, 확실히 독서문화가 아날로그 시대보다 스마트 시대엔 달라졌다. 하나의 독서문화가 형성된 것이다.

'독서백편의자현(讀書百遍意自見)'이 말은 중국 후한 말기 대신을 지내고, 임금님의 글공부 상대인 황문시랑(黃門侍郞)을 지낸 동우(童遇)가 한 말이다. 그 뜻은 '백 번만 읽으면 뜻은 자연히 알게 된다. 즉 무엇이든 끈기 있게 반복하면 진리를 터득한다는 뜻'이다. 위지(魏志) 13권을 보면 '동우는 가르치기를 즐겨하지 아니하며 말하기를 "반드시 먼저 백 번을 읽으라" 하였고 '글을 백 번 읽으면 뜻이 절로 나타난다"'고 말했다는 기록이 있다.

독서는 자기 교육의 방법이요, 문화창달의 수단이며, 학생들에게 필수적인 기능이다. 독서는 지식과 정보를 획득하는 바탕이자 사고력의 원천이기 때문이다.

지난 인기 프로그램이었던 'KBS의 TV 책을 말하다'와 'MBC의 느낌표, 책 책 책을 읽읍시다'라는 프로그램은 독서를 고양시키는 향기였다. 그러나 이제 그 프로그램뿐만 아니라 다른 독서 관련 프로그램마저 시청률에 밀려 없어졌으니 안타까운 일이다.

인터넷 설문조사에 의하면 책을 소개하는 독서관련 TV나 라디오 프로그램이 일반 독자들이 책을 구입할 때 상당히 영향을 미치고 있다고 한 것을 보면 그 프로그램은 확실한 독서문화 향기이리라.

우리는 도서관 주간이나 세계 책의 날이 있는 4월, 독서의 달인 9월, 책의 날이 있는 10월은 말할 것도 없고, 언제나 국민들이 책과 가까이 할 수 있는 독서환경을 만들어야 할 것이다. 어린이를 위한 어린이 도서관, 학생들을 위한 학교도서관, 지역 주민들을 위한 공공도서관, 그리고 작은 도서관을 많이 건립하여 독서문화 향기를 퍼뜨리자. 공원에서, 지하철에서, 정류장에서, 백화점에서, 은행에서, 교회에서, 사찰에서, 공연장에서 사람이 모이는 곳이면 어디서나 독서할 수 있는 환경을 만들어 독서문화 향기를 퍼뜨리자.

스마트한 시대, 스마트폰을 생활화하고 있는 시대에 독서문화를 새롭게 정착시키자. 그리하여 친구는 친구에게, 동료는 동료에게, 이웃은 이웃에게 스마트 시대의 새로운 독서문화 향기를 퍼뜨리자. 부모는 자녀에게, 스승은 제자에게, 사장은 사원에게 새로운 독서문화 향기를 퍼뜨리자. 마을마다, 고장마다, 도시에서, 시골에서 책 읽는 소리가 들리게 하자. 스마트한 시대에 책 읽는 사람이 아름답다.

(12) 독서와 지능지수

IQ*는 지능의 발달 정도를 나타내는 지수이다. 지능지수는 정신연령 MA*를 실제의 생활연령 CA*로 나눈 수치에 100을 곱한 것이다. 연령대별로 구분된 계산력, 기억력, 어휘력 등 일련의 문제들로 테스트하는데, 실제 나이보다도 정신 연령이 크면 IQ는 100보다도 큰 수치로 나타난 표준을 넘게 된다. 유전적 요인보다도 교육, 환경, 훈련, 자극 등에 의해 계발 가능성이 훨씬 크다. 그러므로 독서가 IQ 발달에 영향을 미칠 수 있는 것이다.

우리는 책을 읽고 사고하며 새로운 아이디어를 창출해 낸다. 독서는 자기 교육의 방법이요, 평생 향유해야 하는 필수적인 기능이다. 독서는 지식과 정보를 획득하는 바탕이자 사고력의 원천이다.

미국의 빌 게이트, 오프라 윈프리, 한국의 이어령, 이병철 등 많은 유명 인사들이 책 읽기의 중요성을 강조하였다.

한국의 어떤 학자는 '독서력과 학업성취와의 관계'라는 연구에서 "빠르고 정확한 독서능력을 갖춘 학생은 많은 양의 정보나 지식을 획득하고, 독서능력이 부족하거나 결여된 학생은 글을 읽는 속도, 어휘력이 부족하기 때문에 내용을 정확히 파악하지 못하는 경우가 많다"고 제시하였다.

서양의 학자들도 연구에서 "지능과 독서 능력과의 관계는 정비례적이다"라고 주장하였고, 또 어떤 학자도 "읽기의 성공과 지능지수 사이에는 아주 높은 상관관계가 있다"고 지적하였다.

다시 말하면 독서능력의 발달과 지능적 요인과는 밀접한 관계가 있음을 알 수 있다. 독서하면 독서능력이 발달하고, 독서능력이 발달하면 지능이 높아지는 것이다. 책을 읽으면 지능이 높아진다. 책을 읽으면 꿈이 이루어진다. 책을 읽으면 행복하다. 책 읽어 따뜻한 세상을 만들자.

* IQ(Intelligence Quotient): 지능지수
* MA(Mental Age): 정신연령.
* CA(Chronological Age): 생활연령

(13) 지식정보와 독서

지식사회에서 중요한 가치를 갖는 것 중의 하나가 정보이다. 우리에게는 정보가 필요하다. 사서에게도, 이용자에게도, 누구나 정보가 필요하다. 필요한 정보는 자료 속에 있다. 도서관이 바로 이 자료를 수집하여 정리하고, 축적하여 이용자들에게 제공해 주는 것이다.

우리는 정보를 독서를 통하여 찾아낸다. '일일부독서는 구중생형극(一日不讀書口中生荊棘)이라. 하루라도 독서하지 않으면 입 안에 가시가 돋는다'고 한 것처럼 우리는 독서하지 않고서는 하루도 살 수 없는 것이다.

'읽으면 행복하다' 참으로 정다운 말이다. '책으로 이끌림, 미래로의 두드림', '어제, 오늘 그리고 내일, 모두 책 속에 있다', '독서하는 대한민국, 희망 페이지 365일', '꿈을 이루는 열쇠는 독서입니다', '물음표로 책을 펴고 느낌표로 책을 덮자', 우리들에게 독서의 중요성과 하는 방법을 제시하는 의미 있는 말이다.

오늘날 우리의 교육목표는 21세기를 주도할 자율적이고 창의적인 한국인 육성이다. 구체적으로 말하면 세계화 · 정보화에 적응할 수 있는 자기주도적 능력을 신장시키는 것이다. 자기주도적 능력을 신장시킬 수 있는 방법 중의 하나가 자기주도적 학습(Do-It-Yourself Learning)이다. 도서관은 학습자 자신이 스스로 선택하고 조직하는 학습자료에 의한 자기주도적 학습의 장이다.

바로 도서관보조학습(LAI/Library Assisted Instruction)이 자기주도 학습을 내실화 할 수 있는 방법이라고 생각한다. 자기주도 학습은 독서를 통해서 이루어진다. 그러므로 독서는 중요하다.

독서하면 상식과 교양이 풍부해지고, 독해 능력도 뛰어나게 되고, 공부도 잘 하게 된다. 독서하면 행복하다. 우리 자녀

들이 행복해지도록, 행복지수가 높아지도록 독서교육 해야
한다.

베이컨은 "토론은 부드러운 사람을 만들고, 글쓰기는 정확
한 사람을 만들며, 독서는 완전한 사람을 만든다"고 하였다.
그러므로 독서는 중요하다.

(14) 독서와 힐링

힐(heal)은 '치유되다, 낫다, 치유하다, 낫게 하다, 치료하다,
고치다, (마음을) 치유하다, 갈등 · 감정 등의 골을 메우다'라
는 뜻을 가지고 있다. 힐링(healing)은 몸이나 마음의 치유이
다. 우리의 마음의 병(스트레스, 우울증, 강박관념 등)을 낫게
하여 보다 건강한 사회를 만들자는 것이 요즘 말하는 힐링 열
풍이다. 독서를 통한 힐링은 독서요법, 독서치료와 같다. 독서
는 힐링 가치를 갖고 있다. 독서는 책 속에 등장하는 인물이나
전개되는 사건에 대해 자신을 동일시하거나, 자신의 억압된
감정이나 부정적인 기억을 없애거나 축소시키는 작용을 통
하여 개인적 통찰을 이루기도 한다.

독서힐링은 이러한 원리를 이용한 상담심리의 한 분야이
다. 독서힐링은 아동이나 성인이 스스로 건전한 자아와 가치
관을 형성하여 정상적인 발달과업을 이루도록 돕거나 발달
또는 임상적으로 겪는 정서 · 심리 · 행동 문제를 치유하는데,
책 읽기를 이용하는 것이다.

"책으로 가꾸는 인성! 책 속에 있다"라는 말이 있다. 책을 읽고 그 내용을 알고 깨달아, 인성을 변화된다는 뜻이 들어 있다고 생각된다. 이 말은 독서를 통한 힐링을 잘 설명하는 짧은 말이다.

독서힐링 프로그램에서는 독서힐링을 통하여 건강한 말과 글을 사용하는 언어의 힘을 기를 뿐만 아이라 가정에서 부모님과, 학교에서 친구들과 선생님과 성공적인 커뮤니케이션을 할 수 있는 방법을 배울 수 있다. 특히 마음의 상처를 독서를 통해 치유하고 건강한 마음과 행복감을 누릴 수 있다면 독서힐링 프로그램은 성공적인 것이다.

고대 그리스의 도시인 테베(Thebes)의 도서관 입구에는 '영혼을 치료하는 곳'이라는 말이 새겨져 있다. 테베의 사람들은 '책이 의사소통이나 교육, 치료, 힐링 등을 통하여 생활을 질적으로 더욱 풍성하게 해준다.'고 하여 소중하게 여겼던 것이다.

독서는 인성을 위한 교육의 도구이다. 평생 학습사회를 살아가는 우리들에게 필수적인 기능이다. 조선시대의 행복한 가정은 책 읽는 소리가 나는 가정이라 했다.

독서를 행복한 가정의 조건으로 삼았음을 알 수 있다.

독서는 경험의 확대, 사고력 신장, 정보와 지식의 획득, 언어 발달을 가져온다.

독서는 정서의 함양, 청소년들의 성격형성, 바람직한 인간상을 형성시켜 주기도 한다. 독서는 힐링 가치를 지닌다. 그러므로 독서는 중요하다. 책은 말없는 스승이다. 독서힐링은 마음의 병(스트레스, 우울증, 강박관념 등)을 낮게 하여 보다 건강한 사회를 만드는 방법 중 하나이다. 요즈음 힐링 열풍이다. 독서힐링 열풍을 만들어 가자.

2. 책과 도서관에 관련된 글

(1) 세계 책의 날

4월 23일이 무슨 날일까? 언뜻 떠오르지 않을 것이다. 이 날은 세계 책의 날(world book day)이지만 그 의미를 제대로 아는 학생이 얼마나 많을까? 그러나 출판, 독서관련 단체와 미디어들은 각종 이벤트를 통하여 분위기를 띄우고 있다. 어쨌든 반가운 일이 아닌가.

세계 책의 날은 1995년에 유네스코가 제정한 날이다. 스페인의 카탈루냐 지방에서 전통적으로 책을 사는 사람에게 꽃을 선물했던 성 조지의 날(St. George's Day)에서 유래하였다고 한다. 특히 이날은 세계의 대문호 셰익스피어와 세르반테스가 서거한 날이기도 하다. 아직 우리에게 생소하지만 이미 다른 나라에서는 '책 읽기를 서로 권하는 날'로 다양한 '책의 축제'가 개최되고 있다. 영국에서는 이 날의 행사에 참여하는 학교와 도서관이 수천 개에 이르고 있다고 한다. 그리고 스페인은 사랑하는 이에게 지성의 상징인 '책'과 아름다움의 상징인 '붉은 장미'를 선물하는 전통이 자리 잡은 지 오래 되었다고 한다.

이 날에 우리는 '나만의 책 읽기'에 그치지 말고, 책을 통한 '나눔의 실천'을 하자. 책을 사서 선물하고, 선물 받아 읽은 책을 자신의 모교인 학교도서관에, 자신의 고장에 있는 공공도서관에, 자신의 대학도서관에 기증하여 친구와 이웃과 더불어 책 읽는 나눔을 갖자.

책의 날은 전 세계가 함께 하는 '독서 운동의 날'이다. 책 읽는 문화가 성숙되어야 민족과 사회가 부강해지고 국민의 문화 복지가 향상되는 것이다. 이 날을 기리기 위하여 한 주일 동안이라도 텔레비전을 끄자. 인터넷에서 손을 떼고 책을 들자. 책든 손 귀하고 읽는 눈 빛난다. 책은 우리에게 소중하다. 찬란한 문명을 창조해 낸 지식과 정보가 그 속에 응축되어 있기 때문이다. 인류는 책을 통하여 얻은 지식으로 지금의 문명을 건설하였다. 책은 인간의 상상력과 사유, 그리고 철학, 문화가 응집된 결과물이다. 책은 지식 전달을 전달해 줄 뿐 아니라 우리에게 대화와 이해, 관용을 가르쳐 준다. 또한 우리는 책에서 갈등과 증오를 해결하는 방법을 터득하게 한다.

올해는 친구와 함께 책 한 권을 나눔이 어떨까. 따스한 봄날 캠퍼스 공원에서 다정한 친구끼리, 사랑하는 연인끼리, 사랑하는 제자와 존경하는 스승이, 함께 책 읽고 있는 모습을 상상해 보자. 이 얼마나 아름다운 모습인가. 책 읽는 사람이 참으로 아름답다.

내 연구실에는 책이 그득하다. 서가에 책이 쌓여가고 있다

는 것은 나에게 있어 더 없이 행복한 일이다. 세상에 부러 울 것
이 없다고 할까? 책을 보면 괜스레 기분이 좋다. 오늘도 캠퍼스
에서 책의 날을 다시 생각해 본다. 책 읽는 사람이 아름답다. 책
과 더불어 미래를 여는 사람들이 되자. 책/더/미/여/사가 되자.
책으로 따뜻한 세상을 만들자. 책/따/세하고 외쳐 본다.

(2) 지방자치 단체장과 공공도서관

　　미국의 경제학자 마흐럽은 지식산업이 주가 되는 지식사회
의 도래를 주장하여 정보사회를 예견하였다. 학자들은 21세기
를 목전에 둔 오늘날을 정보사회라 일컫는다. 정보사회는 컴
퓨터 및 통신기술의 발달에 의하여 도래된 사회로 정보와 지
식이 결정적 변수가 된다. 정보사회는 고도기술사회이다.

　　우리는 이러한 사회에서 정보와 더불어 정보를 이용하며
정보에 의하여 살고 있는 것이다. 정보는 사회의 모든 분야에
서 필요하다. 특히 주민자치 시대에서 지역 주민들에게도 필
요한 정보가 많다. 정보가 필요한 지역 주민들을 위하여 봉사
하는 공공도서관은 주민들이 원하는 정보를 언제든지 필요
한 때에 제공해 줄 수 있어야 한다.

　　지방자치 시대에 지역 주민들은 자기가 살고 있는 자기 지
방의 정보에 쉽게 접근할 수 있어야 한다. 과거와는 달리 많은
주민들은 공공도서관을 찾는다. 대학입시를 위한 재수생이
나 취업 등의 목적으로 열람실을 이용하는 이용자가 줄고 정

보 이용자 계층이 다양하게 변하는 추세이다. 돋보기안경을 쓰시고 족보를 열람하고, 한문 서적을 찾는 할아버지, 정기간행물실에서 잡지를 보고 있는 어머니, 어머니 손을 잡고 도서관을 찾는 어린이 모습, 교복을 입은 채 책가방을 메고 학교에서 바로 달려와 과제를 하고 책을 읽는 중ㆍ고등학교 학생, 모두가 현재적 이용자요 잠재적 이용자들의 새로운 모습이다.

사서들은 이런 이용자들의 정보 욕구를 해결해 줄 수 있도록 노력하며 책임을 다해야 한다. 공공도서관은 나의 공부방이 아니라 내가 원하는 정보를 찾을 수 있는 정보원이라는 인식을 갖게 해야 한다. 도서관에는 조상들이 남겨 준 문화유산이 숨쉬고, 건강 정보도 있고 취미 정보도 있으며 내가 전공하는 분야의 정보가 가득 축적되어 있는 정보센터이다. 카페 도서관과 같은 신선한 아이디어로 도서관을 운영하는 사람이 있다 한다. 개인이 운영한다는 지구촌 여행정보 도서관은 그 예의 하나이다. 여행정보를 얻으려고 찾아오는 회원 고객에게 음료나 차를 저렴한 가격으로 팔면서 필요한 정보를 제공하는 새로운 이미지의 도서관이다. 참으로 발전적이고 변화하는 사회에서 새롭게 등장한 새 스타일의 도서관이다.

선진국의 도서관을 보라. 그 국가의 도서관 수준을 나타내는 바로미터(barometer)가 공공도서관의 수와 그 활동이다. 우리나라는 비교적 대학도서관과 전문도서관은 어느 정도 궤도에 진입하였다고 말할 수 있지만 가장 낙후되고 뒤떨어진 도서관이 학교도서관이요 그 다음이 공공도서관이라 말할

209

수 있다. 국립중앙도서관 및 도서관의 정책 담당이 문화부로 이관된 후 공공도서관에 대한 관심이 많이 높아졌다고 말할 수 있었지만 행정기관의 통폐합 이후 문화체육관광부로 바뀌면서 담당부서도 도서관과에서 도서관 박물관과로 통폐합된 것은 도서관의 중요성을 모르고 경시한 데서 나온 연유가 아닌가 생각해 본다. 그러나 도서관박물관 정책기획단 아래 도서관정책과, 도서관 진흥과가 다시 만들어진 것은 다행이라 생각된다. 한편 지방자치 이후 기관장의 관심에 따라 지방마다 도서관의 활동이 많은 차이가 나고 있음을 발견할 수 있다. 부천시를 보라. 부천시 의회에서 공공도서관 발전을 위해서 조례를 제정하여 시 예산에서 지원할 수 있는 법적 근거를 만들지 않았는가. 참으로 반갑고 고마운 일이다.

정보사회를 주도하고 도서관의 중요성을 인식하는 앞서가는 시의원들께 감사를 드린다. 그런데 경기도 어느 시에서는 사서자격증 소지자는 한 사람도 없으며 임시 직원들이 사서의 업무를 맡고 있는 시립도서관이 있다니 참으로 가슴 아프며 한심하기 그지없다. 그 시의 시장은 어떤 분일까? 물론 이유야 있겠지. 이유 없는 무덤이 없으니까. 문화와 예술 그리고 문헌은 영원히 남는 유산이다. 당장 눈에 보이는 실적보다 영원히 이름을 남길 수 있는 시장이 되기를 바란다.

미국 대통령들은 퇴임하고 나면 기념도서관을 남기고 있다. 전현직 대통령이 나란히 서서 대통령 기념 도서관 개관 테이프를 끊는 모습을 보고 선진국 미국의 위력을 새삼 알 수 있다. 우리는 어떠한가, 현·전직 고관들은 비자금 의혹 및 연루설 등 듣기조차 민망한 형편인데 전직 대통령들이 기념도서관을 세운다니 참으로 선진한 국민이요 선진국이다. 문화를 사랑하고 영원히 문화유산을 남기는 민족이다. 하기야 우리나라도 모 기업의 회장님은 사립 전문도서관을 세우고, 20여 개의 어린이 도서관을 설립하여 기증하신 회장님이 계시니 얼마나 고마운지 도서관인의 한 사람으로 머리가 숙여진다. 공공도서관은 주민과 가까이 있어야 한다. 주민들이 찾아와 편히 쉴 수 있고 필요한 정보를 찾을 수 있는 정보센터요 문화기관이라야 한다. 지난번에 지방자체 단체장 선거의 공약을 조사해 본 일이 있었는데 공공도서관 활성화에 관한 공약을 찾을 수 없었다.

문화정책 몇 가지는 보이는데 도서관의 중요성을 아는 듯 모르는 듯 도서관 정책 공약은 보이지 않았다. 우리의 지역 주민의 수준 탓일까? 아니면 단체장 선거에 입후보한 사람들의 수준 탓일까? 아니면 참모들의 수준 차일까? 아무리 생각해 보아도 해답이 없다. 언젠가는 공공도서관에 대한 관심이 높아지겠지? 막연하기는 하나 언젠가, 누구에 의하여 잘 되겠지 하는 기대를 해 본다.

지방자치 단체장은 임기 동안에 남겨야 할 일이 많겠지만 그 중에 하나가 공공도서관 건립과 활성화임을 알아야 할 것이다. 요즈음 시청이나, 군청이나, 동사무소에 가면 소위 도서방인 작은도서관을 설치하고 있음을 발견한다. 서울 어느 구청에는 1동 1 독서방 갖기 운동을 펼치고 있다 한다. 주민들로 구성된 독서동호회를 구성하여 동호인들의 자원봉사로 운영되며 도서관리에서 구입도서의 선정, 독서에 관한 정보 교환 등 모든 일을 자율적으로 결정한다고 한다. 설치 장소는 동사무소나 민원실, 회의실 등 10평 전후의 면적으로 3,000권 정도의 도서를 비치하고 있으며 구민독서 경진대회 등 다양한 행사를 개최하고 있다니 참으로 잘 하는 일이라 박수를 보낸다. 무엇보다 공공도서관을 건립하고 잘 운영해야겠지만 우선 이런 일부터 시작하는 것도 단체장으로서 바람직한 일이라 생각한다. 지방자치 단체장은 공공도서관의 중요성을 알고 도서관 건립에 앞장서야 한다. 다음 선거에는 공공도서관에 관심을 두는 단체장을 우리 손으로 뽑았으면 하는 바람이다.

(3) 정보사회와 도서관

도서관 주간(4월 12~18일)을 즈음하여 대진대학교 중앙도서관이 개관되어 무엇보다 뜻 깊은 일이라 생각하면서 도서관을 다시 생각해 본다. 도서관은 자료를 수집 · 정리 · 축적하여 이용자에게 제공함으로써 조사 · 연구 · 학습 · 교양 등 문화발전과 평생교육에 이바지하는 시설이다.

오늘의 사회를 정보사회, 지식사회라 한다. 즉 정보산업이 발전되어 정보가 신속히 유통되고 누구나 쉽게 정보에 접근할 수 있는 사회를 말하는 것이다. 정보화 사회에서는 정보를 가장 잘 활용하는 사람이나 새로운 정보를 창출해 내는 사람이 주인공이 될 수 있는 것이다.

내일의 주인공을 양성하는 대학은 학문연구와 교육이라는 전통적인 사명과 목적뿐만 아니라 21세기, 즉 정보사회에서 살아갈 수 있게 정보를 활용할 줄 아는 사람을 양성해야 하는 시대적 사명이 있다는 것을 간과해서는 안 된다.

정보화 시대의 대학교육은 완성교육이나 엘리트교육보다는 평생교육의 기초교육인 독서력, 비판력, 문제해결력, 창의력을 바탕으로 하는 교양교육과 정보활용 교육이 되어야 한다. 다시 말하면 스스로 공부하는 방법을 가르쳐서 학습하는 능력을 배양시키는 교육이라야 한다는 것이다. 스스로 공부하는 방법을 배우는 첩경은 도서관을 자주 이용하면서 독서력을 키우고 정보의 수집·정리·활용방법을 스스로 익히는 것이다. 따라서 정보화 시대의 대학도서관의 사명과 기능도 새롭게 인식되어야 한다.

대학의 사명이 학문의 연구와 교육이라면 대학도서관은 연구와 교육에 필요한 지식(자료·정보)을 제공하는 곳으로 필요한 정보를 의도적으로 정리·보존·관리하여 이용의 편리를 최대한으로 확대시키며 그 이용법을 안내하고 교육하는 곳이다. 정보사회의 대학도서관은 이용자에게 도서관 이용법과 정보 활용법을 교육하며 연구에 필요한 자료를 조사하고 입수하며 최신정보를 주지시켜 주는 기능을 갖고 있다. 대학도서관의 이용자인 대학생은 도서관 이용의 참뜻을 알

213

고 대학생답게 도서관을 이용해야 하며 바람직한 도서관 문화를 형성해 나가야 한다. 도서관을 이용한다는 것은 도서관이 소장하고 있는 각종자료를 이용하는 것이며 나아가서는 도서관의 각종 봉사제도를 통하여 국내외의 학술정보를 이용한다는 뜻이다.

도서관이 모든 자료를 소장할 수는 없다. 왜냐하면 공간이 부족하고 예산도 부족하며 특히 정보사회에서 생산되는 정보(자료)의 생산량이 엄청나게 많기 때문이다. 그러므로 도서관은 협력 망을 통하여 서로 이용을 돕고 있는 것이다. 학생들은 도서관이 어떻게 자료를 정리(분류 · 편목)하여 봉사하고 있는가를 알아야 하며 또 언제 어디서나 필요한 정보를 스스로 입수하여 활용할 수도 있어야 한다.

도서관 문화는 그 도서관 이용자가 형성해 나가야 하는 것이다. 도서관은 공동서재이다. 옛 선비들은 자기 개인 서재에서도 의관을 가지런하게 하고 바른 자세로 공부했다 한다.

도서관은 공동의 학습장으로서 대학의 상징이며 문화의 산실이다. 우리들은 도서관에서 에티켓을 지켜야 한다. 그래야만 교양인이 되는 것이다. 도서관은 교양있는 민주시민으로서의 예절을 실습하는 장소가 된다는 사실을 우리 대진인은 알아야 한다.

도서관에 있는 한 권의 책은 저자가 필생의 노력으로 심혈을 기우려 저작한 것이다. 저자를 존경하는 마음으로 책을 소중하게 대하는 것이 학생의 예의이다. 책은 후배들이 이용할 소중한 대학의 재산이며 공동의 정신적·물질적 자산이므로 소중하게 다루어 물려주는 것이 선배의 도리가 된다.

사서는 대학에서 문헌정보학을 이수하고 사서자격을 얻어 각종 도서관에서 자료를 관리하고 이용자들에게 자료 이용을 돕고 지도하는 일을 맡아서 하는 직업인의 명칭이다. 사서의 본분은 도서와 학문에 대한 전문지식을 갖추고 그 지식을 바탕으로 학문 연구와 교육활동을 지원하거나 직접 행하기도 하는 전문직이다.

우리 대학생들은 사서와 친해 보자. 사서와 친한 것은 곧 학문과 친한 것이고 정보와 친한 것이다. 사서에게 질문하자. 사서를 외롭지 않게 하고 보람 있게 하는 것은 우리들이 무엇이든지 질문해 주는 것이다.

학문하는 학생, 공부하는 학생은 사서와 친하다. 그리고 질문한다. 바로 이것이 올바른 도서관 이용이다. 정보사회에서 정보 전문가를 외면하는 것은 올바른 삶을 포기하는 것과 같다고 한다. "앞서가는 도서관, 밝아오는 미래 사회", "매일매일 이용하는 도서관, 하루하루 얻어지는 새 지식" 도서관 주간을 맞이하여 나부끼는 플래카드의 표어가 새삼스럽게 도서관에 대한 애착을 갖게 해준다. "학교는 졸업할 수 있어도 도서관은 졸업할 수 없다"는 말이 있다. 우리 모두 도서관을 사랑하자. 도서관을 이용하자. 그리고 사서와 친하자.

(4) 대통령 기념도서관

도서관은 지식기반사회의 필수시설이다. 지식의 보고요, 문화의 전당이며, 평생교육의 장이다. 선진국을 보라 도서관이 얼마나 많은가. 문화국가를 보라 반드시 이유가 있다. 이유 중의 하나가 바로 공공도서관이 발달하였다는 것이다. 미국과 한국의 공공도서관 수를 비교하여 보자. 한국도서관협회의 통계에 의하면 미국은 8,964개관이며, 한국은 421개관이다. 특히 군대도서관은 미국이 335개관인데 비하여 우리나라는 현재 70여개 정도이다. 이렇게 된 것도 사랑의 책 나누기 운동 본부(대표 유성욱)의 노력으로 진중도서관으로 시작하여, 많은 논란 끝에 입법화 및 정책화 추진에 합의하고 2013년 현재 육군, 해군, 해병대, 경찰기동대, 경비교도대에 총 76개의 병영도서관이 건립되어 운영되고 있다니 얼마나 고무적인 일인가

지난 해 국회에서는 서울 상암동에 건립하기로 한 박정희 대통령 기념관을 놓고 많은 논쟁이 있었다. 이곳에 박정희 기념관 건립을 허용한 것은 현 정부이지만 찬반 논쟁은 이어지고 있다. 다행히 서울 시장이 기념도서관만 허용하겠다고 선을 그었지만 기념관과 도서관을 어떻게 구분하는 것인지 분명치 않아 논쟁은 계속되고 있는 것이다. 전직 대통령 도서관 건립은 미국에서 시작되었다. 제퍼슨이나 링컨 같은 대통령의 기념도서관은 수도 워싱턴의 명물이 되었지만 거의 모든 대통령의 기념도서관이 고향이나 연고지에 자리잡고 있는

것이 특징이다. 얼마나 정감 넘치는 대통령 기념도서관들인가. 사실 대통령 기념도서관이 수도 서울에 있다고 그의 업적이 더 빛날 수 있는 것도 아니고, 고향에 있다고 그 평가가 낮아지지도 않는 것이다. 전직 대통령 기념도서관 논의는 1939년 프랭클린 루즈벨트 대통령에 의해서 시작되었다. 미국 역사상 훌륭한 대통령으로 세 번이나 당선된 루즈벨트는 남다른 역사적 식견을 가지고 있었다. 루즈벨트 대통령은 '대통령의 개인적 자료와 통치사료는 국가의 중요한 유산이므로 모든 국민들에게 공개되어야 한다'는 생각을 가지고 있었는데, 그 생각을 직접 실천에 옮긴 것이다. 루즈벨트 대통령은 자신의 개인자료, 통치사료, 개인 사유지를 연방정부에 헌납하였다. 이에 감동한 루즈벨트와 가까운 사람들은 비영리단체를 만들고 기금을 모아서 도서관과 박물관을 건립하였다. 그는 생전에 자료와 시설에 대한 관리와 보호를 정부기록보관소에 요청했으며, 루즈벨트 대통령이 서거한 후, 미국 의회는 그의 정신을 기리는 뜻에서 '대통령 도서관법'을 제정하였던 것이다. 이것이 오늘날 미국 전역에 건립되어 있는 대통령 기념시설의 탄생 배경이다.

217

이후부터 미국의 대통령들은 임기가 끝나면 자신의 고향이나 정치적 연고지에 도서관을 건립하고 임기 후 활동을 하는 것을 관례이자 의무로 여기게 되었다고 한다. 그 후 1952년 후버 대통령 이후부터는 거의 전통으로 되어 있는데, 현재 미국에는 모두 12개가 설립되어 있다. 대통령 기념 도서관 건립지는 대개 대통령의 출생지나 그와 연고가 깊은 정치 활동지 내지 고향 마을 또는 출신 대학 캠퍼스 안에 세운다. 미국의 역대 대통령 기념 도서관의 건립 연대와 위치를 보면 루즈벨트 도서관은 1940년 뉴욕 하이드 파크에, 후버는 1952년 아이오와 웨스트 브렌치에, 트루먼은 1957년 미주리 인디펜던스에, 아이젠하워는 1962년 캔자스 에블린에, 케네디는 1979년 보스턴 컬럼비아 포인터에, 포드는 1981년 앤아버 미시간 대학 캠퍼스에, 카터는 1986년 조지아 애틀랜타에, 닉슨은 1990년 캘리포니아 요바린다에 건립하였다. 그리고 11월 6일 개관된 부시 기념 도서관은 텍사스 칼리지 스테이션의 텍사스 A&M 대학에서 성대히 개관하였다. 대통령이 정치를 잘했던 못했던 그 자체가 역사의 증거인 것이다. 이들 대통령 기념 도서관은 '대통령 도서관법'(1955)에 근거해 설립하며, 그 뒤 '대통령 기록물법'(1978)과 1968년 개정된 '기증품 제한 기준'에 따라 소장품을 전시하고 있다. 미국에서는 대통령이 백악관을 나서는 순간, 그의 모든 자료가 연방 정부에 귀속되도록 하고 있다.

우리나라도 때가 조금 늦었지만 지금부터라도 서둘러 대통령 기념도서관을 세워야 한다. 박정희 전 대통령의 자료도 한곳에 집결시켜야 하고, 전두환 · 노태우 · 김영삼 전 대통령의 자료도 모두 거두어 들여 국가의 자산으로 삼아야 한다. 수집한 자료는 청와대나 정부기록보존소가 관리할 것이 아니라, 미국처럼 대통령의 출생지나 그가 활동한 지역과 대학에 설치하여 그 곳에서 관리토록 하는 것이 바람직할 것이다. 그들이 비록 훌륭한 정치는 못하였다는 현재의 평가라 하더라도 그들이 활동한 증거물로서 역사가 심판할 수 있도록 준비가 필요한 것이다.

미국의 지미 카터 대통령만 해도 재임 시보다 퇴임 후의 활동과 기념도서관 건립으로 평가가 달라지고 있지 않은가. 김대중 전 대통령 도서관도 이와 같은 맥락으로 볼 수 있다. 어쨌든 대통령 관련 자료는 개인 자료가 아니므로 개인 집에 그대로 방치할 것이 아니라, 대통령 퇴임과 동시에 국가에 귀속시키고, 이러한 자료를 중심으로 도서관을 만들어 거기에 소장토록 해야 한다. 지금 그 일을 김대중 도서관이 실천하여 운영하고 있으니 얼마나 다행인지 모른다. 역사 평가는 기억으로 말하는 것이 아니라 기록으로 말하는 것이기 때문에 자료의 소장이 중요하다.

미국의 대통령은 임기가 끝난 후 어떤 활동을 할까?

전직 대통령은 현실 정치에 직접적으로 관여하지 않는다고 한다. 자신이 정치에 참여하지 않는 대신 집권 당시의 관료들과 신진 연구 인력들을 모집하여 외교정책 및 국가 장래에 직결된 주요 사안에 대한 심도 있는 연구를 진행하고 국가경영에 대하여 대안을 제시해 주는 역할을 하고 있다. 또한 각종 사회봉사 활동을 선도하여 모범을 보여주고 있다.

미국의 전직 대통령의 기념도서관은 어떻게 운영하고 있을까?

기념도서관의 역할은 대통령이 민간인으로 돌아가 보람있는 생활을 할 수 있는 기반을 만들어 주는데 있다. 도서관 건립에 필요한 자금은 대통령 자신 낸 개인기금과 지지자들의 성금으로 충당하며 철저히 민간 주도로 진행된다. 도서관의 필요 인력들은 대부분이 자원봉사자로 채워져 있으며, 국가는 개별도서관의 전체적인 관리와 운영을 관할하는 정도에 그치고 있다. 대통령 기념 시설은 미국 역사를 보존하는 차원에서 대통령을 조명한다. 기념도서관은 일방적으로 해당 대통령을 찬양하지 않는다. 풍부한 역사적 자료를 바탕으로 대통령의 치적을 소개하고, 공과를 객관적으로 공개함으로써, 비난이 아닌 비판을 수용한다.

대통령 기념도서관은 각 지역의 관광 명소이며, 민주주의 문화를 전파하는 메신저 역할을 하고 있다. 기념도서관에는 한 해에 수만 명의 관광객들이 자녀와 함께 방문하며, 국내외 연구 인력들이 미국의 민주주의와 정치·문화·사회를 연구하기 위해 찾아가는 살아있는 학습장의 역할을 한다. 또한 방문객은 각 대통령 문화를 직접 보고 느낌으로써, 각 대통령에 대한 평가를 할 수 있는 기회를 부여해준다.

지금 우리나라에는 대통령 문화가 없다고들 한다. 우리도 대통령 문화를 만들자. 대통령학이 대학의 강단에서 강의되고 연구되고 있는 것은 바람직하다. 민주주의 사회에서 대통령은 집권기에 화려하게 군림하는 통치자가 아니라, 영원히 평가받고, 연구되는 국민의 대표이다. 우리나라도 대통령 기념도서관을 꾸준히 건립하자. 그리하여 관광명소로 만들고 후세들에게 살아있는 학습의 장을 만들자. 다시는 불행하고 실패한 대통령이 아니라 영원히 기억되고 성공한 대통령이 되게 하자.

우리나라도 전직 대통령의 기념도서관을 계속 건립하여 대통령 문화를 새롭게 만들어 갔으면 하는 마음이다.

(5) p-book과 e-book

종이의 발명은 인쇄문화에 획기적인 변화를 일으켰다. 종이에 인쇄된 글을 읽는 책이 p-book이요, 디지털 파일로 글을 읽는 책이 e-book이다. p-book은 전통적인 책이다. 우리 조상들의 기술로 만들어 지고 얼이 담긴 책이다. e-book은 자신의 PC나 전용단말기에서 뷰어(Viewer)를 이용하는 책이다. 최첨단 정보통신기술이 낳은 디지털콘텐츠 서비스의 한 형태이다.

종이가 발명되기 전의 필사자료는 진흙, 돌, 나무껍질, 나뭇잎, 동물의 뼈, 양가죽, 송아지 가죽, 비단 등 주위에서 손쉽게 얻을 수 있는 재료였다. 서양의 파피루스와 중국의 종이 등장은 인쇄 분야의 하나의 혁명이었다.

종이는 동양에서 서양으로, 그리고 발달된 기술로 다시 서양에서 동양으로 천년이라는 긴 여행을 통해 양질의 지질로 변하여 p-book으로 태어난 것이다.

한편 컴퓨터와 인터넷의 발달에 의해 생성된 e-book은

221

p-book을 대신하게 될 시대가 오리라는 생각이 지배적이었다. 그래서 한 동안은 p-book이 퇴장하고 e-book이 대신 할 것이라는 주장도 설득력이 있었다. 그런데 p-book과 e-book은 각각 장점이 있어 독자는 자신의 기호와 환경에 따라 선택적으로 이용하고 있다.

최근에는 전자 종이의 실용화가 빨라지고, 문화적으로 많은 변화를 일으키고 있다. 인터넷을 통하여 많은 정보를 주고받으며 실시간 정보에 접근하고 있다. e-paper의 등장으로 정보 접근성이 쉬워졌다. 오늘날 디지털도서관을 통해 e-book을 대출하는 이용자가 늘고 있다. e-book은 이용자에게 편리하다. 대출하기 위해 도서관에 갈 필요 없이 인터넷을 통해 대출받고, 자동으로 반납되며, 24시간 대출이 가능하다. 도서관 입장에서도 p-book보다 e-book의 관리가 편리하고 공간 활용도가 높다.

그러나 p-book은 전통적으로 친근감이 있다. 독서의 매력과 자유로움이 있다. 그리고 휴대성, 소장물로서의 가치 등은 e-book이 갖지 못하는 장점이다. 특히 p-book은 손에 잡히기 때문에 무엇인가 소유하고 있다는 느낌이 들어 아직까지 정감이 간다.

도서관에서의 이용률을 보면 아직까지 p-book이 높다. 연령층이 높을수록 p-book을 많이 이용함을 볼 수 있다.

문광부에서는 e-book, m-book, u-book을 장려하고 있다. 관련 단체로 한국전자출판협회(KEPA)와 한국전자책산업협회

(EBK)가 있다. 전자는 전자출판물 인증 제도를 주관 운영하고 있으며, 인증 전자출판물의 관리와 홍보를 담당하고 있다. 후자는 e-book 산업의 활성화를 위하여 노력하고 있는 단체이다

전문가들은 대체로 e-book 기술이 발달하여 최신장비가 개발되더라도, p-book의 문화 자체를 바꿀 정도의 충격을 일으키지는 못할 것으로 내다보고 있다. 향후 p-book과 e-book은 대체 관계가 아니라 보완관계로 공존의 길을 걷게 될 것으로 생각된다. p-book과 e-book은 콘텐츠를 공유하는 영원한 동반자이다.

(6) 나의 바람—정부와 독서 · 출판 · 교육계—

2013년은 계사년 소위 뱀띠, 뱀의 해이다. 특별히 흑사 띠 검은 뱀의 해란다. 무엇인가 좋은 일이 그득 채워질 것 같은 해였다. 작년은 흑룡의 해, 독서계도 흑룡의 해를 맞이하여 많은 변화와 함께 축복을 받은 해가 아닌가 생각해 본다.

먼저, 도서관법이 개정된 이후 도서관계에도 많은 변화가 있었고, 특히 작은 도서관이 증가하여 활성화 되고 있으니, 어찌 자축하지 않을 수 있으랴. 둘째, 작년은 독서의 해로 선포되어 독서의 중요성이 새롭게 부각되었으니 독서 관련 연구자로서 보람을 느끼고 기쁜 마음이다.

도서관 및 독서진흥법이 1994년 3월에 제정되어 그동안 도서관 발전과 독서진흥에 기여한 바가 있었으나, 도서관법과 독서문화진흥법이 분리 · 제정되어 각각의 역할을 하게 됐다.

아울러 도서관법에 의하여 대통령 소속하에 도서관정보정책위원회를 두고 문화체육관광부에 기획단을 설치했다. 또 독서문화진흥법에 의하여 문화체육관광부장관 소속하에 독서진흥위원회를 두어 독서문화 진흥에 관한 사항을 심의하도록 되어 있다.

문화체육관광부는 독서 관련 저명인사 14명을 독서진흥위원회 위원으로 임명했다.

독서진흥위원은 독서문화 진흥과 관련된 전문성과 경험이 풍부한 전문가들로 구성됐다.

국가와 지방자치단체는 모든 국민에게 독서 교육의 기회를 균등하게 제공하기 위하여 노력하여야 하며, 지방자치단체의 장과 교육부장관은 주민과 학생들 위한 독서진흥 시책을 수립해야 한다.

셋째, 작은 도서관 운동이다. 국립중앙도서관은 지방자치단체와 협력 사업으로 꾸준히 작은 도서관 조성사업을 추진하여 왔으며, 신문·방송 등 언론계와 공동으로 '작은 도서관 캠페인'을 전개, 공공기관과 민간기업의 참여를 통하여 전국으로 보급 확대하기 위하여 노력하고 있다.

부천시를 비롯하여 몇 개의 도시는 도심 곳곳에 도서관을 설치 주민자치센터, 복지관, 문화체육센터 등 주민의 일상과 밀접한 공간에 도서관이 위치해 '생활독서'를 꾀하고 있다. 대한출판협회는 '거실을 서재로' 캠페인을 개최하여 TV 시청대신 독서를 통한 대화를 장려해 왔다.

이와 같은 일련의 법과 제도, 시책, 운동은 우리나라의 국민의 독서문화 진흥에 획기적인 기여를 할 것이다.

우리는 정부의 독서진흥정책을 예의 주시하고 있다. 도서관정보정책위원회와 기획단, 독서진흥위원회의 활동을 주목하고 있다.

우리나라에서 최근 몇 년 동안 독서계에 훈풍이 불어 온 때가 있었던가? 2012년 독서의 해 출발을 발판삼아 올해에도 정부, 민간, 출판 · 교육계가 독서진흥에 매진하기를 바란다.

(7) 북시터와 노인 일자리 창출

Book sitter란 '책을 읽어 주는 사람'이다. 즉 '동화책을 읽어주며 아이를 돌보는 사람'을 말한다. 동화 읽어주기는 아이의 정서는 물론 인지와 언어능력 향상에 큰 영향을 미친다. 책을 함께 읽는 것은 생각하는 능력을 키워주기 때문에 다른 학습능력에도 영향을 미친다.

프랑스에서는 2,000여 개 초등학교에서 '읽기와 읽히기'의 할아버지 · 할머니 자원봉사자들을 받고 있다고 한다. 교실수업 수준과 내용에 맞도록 자원 봉사자들이 읽어 줄 책을 제공하고, 학생들을 2~3명씩 소규모 그룹으로 나눠 '대화식 독서지도'가 될 수 있도록 준비한다. 학교 측에서는 저학년들에게 책 한 권을 소리 내어 읽어줄 여력과 시간이 없는 교사들을 대신해서 등장한 할아버지 · 할머니가 고마울 따름이다. '읽기와 읽히기'의 자원봉사자들은 아이들에게 동화책을 읽어주는 데 그치지 않는다. 아이들이 직접 책을 큰 소리로 읽도록 하면서, 표현력과 발표력, 의사소통 능력을 키워준다.

'읽기와 읽히기'를 담당하는 어르신들은 신규 회원으로 가입한 어르신을 전문가로부터 간단한 독서지도 교육을 받게 하고 있다. 천천히 책을 읽으면서 아이들이 따라 오는지 확인하고, 어려운 단어는 설명해주고, 목소리의 톤은 수시로 바꾸며, 때때로 시각자료를 이용하라는 등등의 기본 요령을 익혀 준다. 자원봉사 어르신들은 아이들과 함께 하는 독서시간을 보내며 행복한 생활을 하고 있다.

현대사회는 문화의 사회요, 복지사회이다. 이런 사회에서 우리가 간과해서는 안 되는 사회적 이슈 중의 하나는 고령화 사회이다. 최근 우리나라는 65세 이상 노인의 비율이 7.6%에 이르는 고령화 시대를 맞이하게 되어, 경제적 어려움이 노인들의 가장 큰 걱정거리로 떠오르고 있다. 그리하여 정부와 지방자치 단체에서는 노인 일자리 창출을 위한 다양한 아이디어 시책을 펼치고 있다. 보통 노인 일자리는 공익형, 교육형, 복지형, 인력파견형 등의 형태가 있다.

세계에서 가장 빠른 속도로 노령화 사회가 진행되고 있는 우리나라에서 노인 일자리 마련은 단순히 어르신들에게 '소일거리'를 찾아주는 차원의 문제가 아니다. 일할 능력과 의욕이 있는 노인들에게 양질의 일자리를 제공하는 것은 국가 경쟁력 강화와도 관련이 된다.

노년기에 접어들면서부터 경제적으로 자립하지 못하고, 건강이 악화되며, 의지할 곳이 마땅하지 못해 어려운 생활을 하게 되는 사람이 많아지고, 변화하는 사회에 적응하지 못하여 노인들은 사회적 부적응을 겪게 되는데, 이러한 여러 가지 문제를 노인 문제라고 한다. 즉, 노인이 겪고 있는 4가지 고통, 즉 빈고(貧苦), 고독고(孤獨苦), 무위고(無爲苦), 병고(病苦)가 노인문제인 것이다.

독서관련 단체에서 65세 이상 어르신들에게 book sitter 양성 교육을 하여, 손자손녀들을 돌보듯 책을 읽어 주며 무위고(無爲苦)를 덜어 드려 행복하게 살 수 있게 하자.

북시터 양성교육은 보건복지부나, 지방자치단체(도청, 시청, 구청 등)의 노인 일자리 창출 사업, 시도 교육청의 초등학교 방과 후 교육 사업과 주 5일제 수업과 관련한 토요일 활동 사업, 특히 여성 관련 부서의 협조를 얻어 예산을 지원 받아 할 수 있을 것으로 생각된다.

하나의 방법으로 지방자치단체에서 운영하는 복지회관의 노인을 위한 프로그램 중에 북시터 교육을 넣어 독서관련 단체에서 강사를 파견하면 좋을 것이다.

특히 과거에 교육에 관련된 분야에 종사하였거나 교육에 경험이 있는 어르신들을 대상으로 소정의 북시터 교육을 하여 프랑스처럼 초등학교에 파견하여 어르신 일자리 창출을 하면 좋을 듯싶다.

옛날부터 행복한 가정은 3가지 소리가 들려야 한다고 하였다. 즉 행복한 가정의 3多이다. 1多는 웃음소리이다. 2多는 아기 울음소리이다. 3多는 책 읽는 소리이다. 행복한 가정은 책을 읽는 소리가 나는 가정임을 강조하고 싶다. 바로 어르신들이 원하는 행복한 가정이다. 어르신들에게 북시터 일자리를 드리면 얼마나 좋을까? 생각해 본다.

(8) 『독서문화연구』 창간호 발간에 부쳐

'독서의 달'이 어느 달인지, '책의 날'이 몇 월 몇 일인지 아는 사람은 그리 많지 않을 듯싶다. 독서의 달은 9월이요, 책의 날은 10월 11일이며, 세계 책의 날은 4월 23일이다.

도서관을 찾는 학생들은 제법 보이나, 정보를 찾기 위하여 이용하는 이용자는 찾기 어렵다. 대부분 학생들이 자기 책을 가지고 와서 도서관 자리를 차지하는 좌석 이용자가 많이 보인다.

그러나 국립도서관을 가보라, 두꺼운 돋보기를 끼고 열심히 자료를 찾는 어른들이 있고, 대학도서관을 가보라, 서가에서 무엇인가를 찾고, 컴퓨터 앞에서 열심히 정보를 검색하는 이용자가 있다. 안타까운 것은 초·중·고등학생들이 학교도서관에서 독서하는 모습이 보이지 않고, 독서를 지도하는 사서교사가 없다는 것이다. 그러므로 도서관에 '독서는 없고 공부만 있다'는 주장이 설득력이 있는 것이다.

우리는 세계 최고를 자랑하는 인쇄문화의 종주국임을 소리

높여 외치기 전에 부끄러운 독서문화부터 다시 생각해야 할 것이다. '책을 읽지 않는 민족에게는 미래가 없다.'는 말은 우리들에게 독서의 중요성을 일깨워 준다.

이러한 현실에서 대학생뿐만 아니라 지역사회의 주민들에게 독서문화 바이러스를 퍼뜨리기 위하여 2000년 9월에 독서문화연구소를 개설하고 이번에 『독서문화연구』라는 학술지를 간행하게 되었다. 이 연구소를 처음으로 설립하고, 수고하신 김성렬 초대 원장과, 운영위원 여러분들에게도 감사드린다.

이제야 걸음마 단계에 있지만 일취월장 발전하여 대학과 지역사회, 그리고 나아가서는 도서관 발전과 독서문화 확산에 큰 몫을 차지하게 되기를 기대한다.

독서문화연구소에서 발간하는 『독서문화연구』가 해를 거듭할수록 발전하여, 사서들과 연구자들이 함께 참여하는 학술의 장이 되고, 현장 도서관인들의 목소리가 많이 담기는 학술지가 되기를 바라면서 창간사에 갈음하는 바이다.

(9) 선황제 정조의 문화 정책

정조의 이름은 산(祘)이다. 이산은 영조의 손자로 아버지는 장헌세자(莊獻世子:思悼世子)이다. 어머니는 영의정 홍봉한(洪鳳漢)의 딸 혜경궁홍씨(惠慶宮洪氏:惠嬪)이다. 8살의 나이로 세손에 책봉되었고, 아버지 사도세자가 뒤주에 갇혀 죽자 어린 나이에 죽은 영조의 맏아들 효장세자의 양자로 입적되어

제왕수업에 들어갔다. 1775년 영조가 죽자 25세의 나이로 조선 제22대 왕으로 등극했다. 왕위에 오른 정조 임금은 문예부흥을 통해 새로운 정치를 구현하려 했는데 규장각을 통해 인재를 모아 외척과 환관들의 역모와 횡포를 누르고 새로운 정치를 펼쳐 나갔다.

정조는 퇴색해 버린 홍문관 대신 규장각을 대제학[大提學: 문형(文衡)이라고도 한다]의 상징적 존재로 삼았다. 규장각 설립의 명분으로 우문지치(右文之治)*와 작성지화(作成之化)*를 내세우고 문화정치를 추진하고 인재를 양성하였다.

우문지치란 학문 중심의 정치를 말하고, 작성지화란 만들어내는 것을 통해 발전을 꾀한다는 뜻이다. 학문 중심의 정치로 기성의 인재를 중용할 뿐만 아니라, 연소한 문신들을 발탁, 교육하여 국가의 동량으로 키웠다고 한다.

또한 작성지화라는 명분으로 세손 때부터 추진한 사고전서(四庫全書)의 수입에 노력하는 동시에, 서적의 간행에도 힘을 기울여 새로운 활자를 개발하기도 하였다.

특히 임진자(壬辰字), 정유자(丁酉字), 한구자(韓構字), 생생자(生生字), 정리자(整理字), 춘추관자(春秋館字) 등을 새로 만들어 많은 서적을 편찬하였다. 그리고 사서, 삼경 등의 당판서적(唐版書籍)을 수입하지 못하게까지 한 것도 이와 같은 자기 문화의 축적이 있었던 데서 가능한 것이었다. 그는 또한 왕조 초기에 제정, 정비된 문물제도의 보완, 정리를 위하여 영조 때부터 시작된 정비작업을 계승, 완결하였다.

정조 자신의 저작물도 정리하여 뒷날 『홍재전서 弘齋全書』 (184권 100책)로 정리하여 간행되도록 하였다.

국양 서울대 교수는 정조를 "책을 가까이 하고, 부지런하며, 국민을 어려워하고, 국가 경제의 흐름을 볼 줄 알며, 우수한 인재 육성을 도모하고, 인사의 중요성을 이해하고, 신하의 의견을 존중할 줄 아는 임금이다"라고 피력하였다.

나는 새삼스럽게 조선시대의 3대 성군이신 이산 정조의 문화 정책을 생각해 본다.

* **우문지치(右文之治)**: 학문중심의 정치
* **작성치화(作成之化)**: 만들어내는 것을 통해 발전을 꾀함.

(10) 도서관장과 경영 철학

도서관장은 도서관이라는 조직의 리더이며, CEO이다. 도서관장은 원칙중심의 패러다임을 가져야 한다. 관장은 업무 추진에 있어서 비젼을 가지고 공정, 정직, 성실, 봉사, 감사, 해결자, 이용자 중심이라는 원칙을 가지고 있어야 한다. 또한 고정관념을 버리고 발상의 전환을 통한 창조적 마인드를 체득하며, 새로운 환경변화의 도전에 창조적 사고로 응전할 수 있는 능력을 소유해야 한다.

지식사회에서의 바람직한 리더십 중의 하나는 일하는 자의 자율적 기능을 강화하는 것이다. 집단의 목표나 내부 구조의 유지를 위하여 성원이 자발적으로 집단 활동에 참여하여 이를 달성하도록 유도하는 지도력이다.

　지식사회에서의 도서관장의 역할은 첫째로 대표자로서의 역할, 둘째로 지휘관으로서의 역할, 셋째로 동기 부여자로서의 역할, 넷째 전략적 리더자의 역할로 나누어 생각할 수 있다. 도서관장은 도서관을 이끌면서 도서관을 대표해야 할 역할을 가진다.

　도서관장은 도서관의 목표를 달성하기 위해서 계획을 입안하고 실행하며 통제하는 내부관리 기능에 대한 책임을 가진다. 나아가 이러한 활용들을 전체적인 관점에서 통합·조정하여야 하는데 이것을 지휘관의 역할이라 한다. 이 통합·조정 역할은 주로 자원 배분 활동을 통해 이루어진다. 즉 한정된 자금, 인력, 시간 등의 자원을 어디에, 무엇을, 얼마나 할당할 것인가를 결정하여 가능한 한 목적을 최대로 달성하도록 하고 나아가 시너지 효과를 얻을 수 있도록 조정하고 통제하는 것이다.

　관장의 이러한 지휘활동을 효과적으로 수행하기 위해서는 치밀한 계획성, 의사결정능력, 추진력 및 판단력을 가져야 한다. 동시에 자신의 경험과 끊임없는 학습을 토대로 장기적으로 문제를 해결할 수 있는 능력을 배양해야 함은 물론 전문가로서의 지식과 기술 등의 능력을 갖추고 있어야 한다. 공식적 교육을 통한 지식과 동시에 현장의 경험으로 얻은 산지식을 가져야 한다.

　도서관장은 조직구성원과 조직 모두의 장기적 성공을 추구하기 위해 사서들이 최선을 다하도록 동기를 부여하여 도전

의식을 갖도록 하는 책임이 있다.

먼저, 관장은 직원들의 성과에 대한 기대를 높이고, 개개인의 능력에 적합한 과업의 할당 및 목표 설정을 해줌으로써 구성원의 성과를 향상시킬 수 있다.

다음으로 직원들 개개인의 이질적 욕구를 인정하고 수용하는 개별적 고려를 통해 정서적 지원을 해주는 분위기를 조성해준다. 그리고 권한을 위임하는 관장의 행동은 직원을 자신의 과업행위들에 대해 인과관계의 소재를 그 자신으로 하여금 지각하게 한다. 마지막으로 관장의 지적인 자극은 직원들에게 비 구조화된 문제를 이해하고 해결책을 탐색하는데 도움을 준다. 관장이 동기 부여자로서의 역할을 수행하기 위해서는 인간적 기능 또는 대인관계 능력을 특히 필요로 한다. 이것은 청취술, 화술, 갈등관리, 자신 및 타인에 대한 평가 등과 같은 대인관계 측면에서의 기능을 통해 관장이 조직내외의 사람들과 함께 일하고 커뮤니케이션을 원활히 수행하는 리더십을 보여주는 중요한 요소이다.

특히 독서담당사서가 독서교육을 잘 할 수 있도록 일정한 기간 동안이라도 본인이 원한다면 같은 직무를 계속할 수 있도록 배려하고, 국립중앙도서관의 독서전문교육을 받을 수 있도록 해야 하며, 또한 각종 사설사회단체 독서교육프로그램에 참가하여 독서지도사, 논술지도사, 독서치료사 등의 교육을 받게 하는 방법도 좋은 대안이라 생각한다.

233

Part 7

시를
읽으면
행복하다

시를 읽으면
행복하다

　계절은 어김없이 온다. 봄, 여름, 가을, 겨울 사계절이 있다. 우리나라 기후가 변하고 있다 하나 그래도 사계절은 있다. 난 가을을 좋아한다. 무르익은 오곡과 과일, 울긋불긋 단풍, 아름다운 꽃들은 나를 반긴다. 가을밤에 시를 읽다가 새삼 계절의 고마움을 생각해 본다. 시간은 축복이요, 세월은 기적이란 말이 생각난다. 밤이 맞도록 시를 읽는다.

　난 시를 읽으면서 희로애락(喜怒哀樂)을 맛본다. 기뻐하고, 화내고, 슬퍼하고, 즐거워하는 나의 감정의 변화는 나의 정서를 살찌우는 것 같다. 전문가들은 시가 문학의 본질적 기능인 심리적 치유성을 발휘한다고 한다. 시를 쓴다는 것은 자신의 감정을 극복하고 정서를 회복한다는 것이다. 어떤 시인은 시적 리듬을 통하여 자기의 감정을 그대로 표출하지 않고 조절함으로써 감정의 정화와 순화라는 치유의 효과를 얻어낸다고 했다. 또 어떤 시인은 시적 주제를 강약의 음조에 담아 감정을 분출함으로써 자신의 감정이 넘치지 않게 하는 정서적 안정을 이뤄냈다고 설명하고 있다. 어떤 시인은 "시인은 시를 쓰면서 시 작법인 주제 의식, 리듬, 상상력, 비유와 상징, 이미지 등으로 동일화, 카타르시스, 통찰을 거치면서 치료적 효과를 가진다"고 설명하고 있다.

나는 윤동주 '서시'를 즐겨 읽는다.

죽는 날까지 하늘을 우러러
한점 부끄럼이 없기를
잎새에 이는 바람에도
나는 괴로워했다

별을 노래하는 마음으로
모든 죽어가는 것을 사랑해야지
그리고 나한테 주어진 길을
걸어가야 겠다

오늘 밤에도 별이 바람에 스치운다

시에는 인생의 해답이 있다. 내가 쓴 시를 읽으면서 내가 묻어 둔 나 자신을 보게 된다. 시를 읽으면 많은 생각을 하게 하고, 나의 삶에 여유를 준다. 시는 마음을 다스린다. 정서를 살찌운다. 시는 나를 치유한다. 시를 읽으면 행복하고, 시를 쓰면 더욱 행복하다.

1. 독서에 관련된 시

(1) 책을 읽으면 꿈★이 이루어집니다

책 속에는 지식이 있습니다.
책 속에는 꿈이 있습니다.

좋은 책에는 유익한 지식이 있습니다.
좋은 책에는 아름다운 꿈이 있습니다.

책을 읽으면 유익한 지식을 얻을 수 있습니다.
책을 읽으면 아름다운 꿈을 꿀 수 있습니다.
유익한 지식, 아름다운 꿈
책 속에 있습니다.

책을 읽으면 기쁘고 행복합니다.
책을 읽으면 꿈★이 이루어집니다.

(2) reader가 Leader이다

Reader가 Leader 된다.

국내에서 제일가는 기업의 창업자
이병철 회장의 동경구상

239

기업경영과 하이테크를 읽었다.

세계 최고의 부자
빌 게이트의 도서관 예찬
어릴 때부터 도서관을 벗 삼아 꿈을 키웠다.

문학평론가, 에세이스트, 독서광
이어령 초대 문화부장관
박학다식 아이디어 뱅크이다.

독서 덕분을 강조하는
빌 클린턴 전 미국 대통령
인생에 미친 영향을 말했다.

독서로 시작하여
독서로 끝나는 하루 일과
투자의 귀재 워렌 버핏

독서하는 것과
자신의 미래를 강조한
발명가 에디슨

우리나라 CEO, 책 읽는 CEO

독서경영 전도사
읽는 만큼 보인다는 사장
독서와 전문가를 강조한 회장

책을 읽고 독서경영을 하고 있다.
이들은 모두 책 읽는 리더이다.
독서가는 자신이 책을 좋아한다.
책과 더불어 사는 사람이다.

(3) 작은 도서관

작은 도서관은
규모가 작은 도서관
동네에 있는
작은 규모 도서관

같은 마을 사람들
소통의 장소
어르신들
사랑방이지요.

유치원 아이들
만남의 장소

즐거운 동화 구연
재미있는 구전동화
노래와 율동은 Fun Fun 이다.

다채로운 문화 행사
유익한 독서활동
다목적 공간이다.

(4) 한 도시 한 책 읽기

지역 주민이
한 권의 책을
함께 읽는다.

책 읽기에 관심을 갖고
책과 읽기 문화에
다양한 계층이
함께 공감한다.

한 도시 한 책 읽기는
미국 시애틀에서
'만약 온 시애틀이 같은 책을 읽는다면'
프로젝트 운동이다.

이 운동은
지역사회 통합에 기여하고
성숙한 시민사회를 만드는
풀뿌리 독서운동이다.

이 운동은
한 대학 한 책 읽기
한 학과 한 책 읽기
한 동아리 한 책 읽기
한 도서관 한 책 읽기

독서운동으로 승화하자.

(5) 독서의 해

2012년은 독서의 해
책 읽는 소리, 대한민국을 흔들다.

새로운 미래는
지식과 정보가 중요하다.
시대적 패러다임은
지식의 창출과 활용이다.

독서는 상상력, 창의력의 원천
교양과 전문성의 판단 준거
풍부한 정신적 자산
인격과 개인의 성찰이다.

사서는 Brain ware
자료는 Soft ware
시설은 Hard ware
독서는 문화의 Barometer

2012년은
국민 독서문화의 해이다.

삼천리 금수강산 방방곡곡
학교에서, 대학에서, 도서관에서, 사랑방에서
공원에서, 버스에서, 전철에서, 기차에서
책 읽는 사람이 많게 하자.

독서는 희망의 끈
내일의 밧줄이다.
2012년은 독서의 해이다.

(6) 소흘 독서동아리

소흘도서관

아름다운 도서관, 꿈과 낭만이 있는 도서관

청소년들에게 꿈이 있고,

어른들께 낭만이 있다.

소(蘇) 소나무 소,

흘(屹) 산 우뚝할 흘

산에 소나무가 많아 소흘이라

독서동아리

수요일 저녁이

기다려진다.

7시부터 9시까지

읽은 책, 내용으로

토론을 한다.

작가와 작품을 이야기한다.

달에게 들려주고 싶은 신경숙 작가의 이야기

초승달에게

반달에게

보름달에게

그믐달에게

26개의 이야기를 달에게 전했다.

김유정의 소설 농촌 이야기

해학적이고 토속적이다.

희극적인 갈등을 유머러스하게 풀어낸 '봄봄'

사춘기의 소년 소녀가 벌이는 사랑을 그린 '동백꽃'

음악 콩클에서 벌어지는 사건, '이런 음악회'

권선징악적 교훈과 감동을 전해 주는 '두포전'

인간의 어리석은 욕망을 그린 '금 따는 콩밭' 이야기는

우리들을 웃고, 울린다.

소흘 독서 동아리 영원하리라.

(7) 점자도서관

점자도서관

영어로 library for the blind

한자로 點字圖書館으로 쓴다.

점자도서관은

시각장애인을 위하여

점자간행물(點字刊行物)

녹음도서(錄音圖書)를 서비스한다.

점자도서 대출은 1882년

영국의 맹인 아널드 여사가 했다.

이 도서관은 런던에 있다.

국립맹인도서관(National Library for the Blind)이다.

1931년 미국은
국회도서관에 맹인부를 두고
점자도서와 토킹 북*을
미국 내 40여 개 지정도서관에 배본하고
무료로 대출하고 있다.

1969년 한국은
시각장애인 육병일 님이
자신의 사재로
한국 최초의 점자도서관을 설립
시각장애인들에게 정보서비스하고 있다.

80년대에는
이동도서관 시대를 열고
디지털로 변한 사회환경으로
인터넷 전자도서관 개관
국제적인 디지털 토킹북 서비스
디지털 독서환경을 조성하였다.

2000년부터는
노환 등 다양한 불편으로

독서에 장애를 갖고 있는
국민 20%에게 서비스를 확대하였다.
개발한 촉각도서, 묵점자혼용도서,
점자라벨도서 등의 서비스로
독서환경의 새 장을 열었다.

다양한 문화프로그램 개발
시각 및 독서 장애인들의 문화 향유
국제콘퍼런스 개최는
장애인서비스의 국제화에 기여하였다.

* **토킹 북**(talking book: 맹인용 레코드)

(8) 독서의 달

독서의 달
9월이다
2013년은 20회
1994년부터 시작되었다
도서관 및 독서진흥법 제정으로

전에는 독서주간이 있었다
1955년 한국도서관협회 발족으로

1993년까지 존속했다.
매년 9월 24일부터 30일까지
일주일간 시행하였다.

독서의 달에
책을 읽자
9월은 독서의 달이다.

2. 책에 관련된 시

(1) 책의 날에

책은 지식의 창고
지혜의 원천이다
책은 문명의 보물창고
성공의 제조기이다

책은 천의 얼굴
희망의 마법사이다
책은 발명품 중에
가장 위대하다

책에게도 생일이 있다
꽃내음 물씬거리는 4월 23일
세계 책의 날이다
셰익스피어, 세르반테스가 서거한 날이기도 하다
1995년 유네스코가 정하였다
이날은 책을 선물하는 날이다. 장미꽃과 함께
친구에게, 이웃에게 책을 선물하자

책에게는 생일이 또 있다
양력, 음력이 있듯이

풍성한 수확의 계절 10월 11일이다
우리나라 책의 날이다
팔만대장경이 완성된 날이다
1987년 우리나라가 정하였다
이 날에 자랑하자. 우수한 인쇄술을
조상들의 슬기도 느껴보자
스승에게, 제자에게 책도 선물하자

책을 사랑하자
책을 읽자. 읽으면 행복하다
읽으면★꿈이 이루어진다
책의 날에 생각해 본다

(2) 목민심서

조선 실학자 정약용이
강진에서 저술하였다.
유배생활 중에 틈틈이 필사하여
유배가 끝나는 해에 저술하고
1818년에 완성하였다.

12편의 책
편마다 6조

모두 72조 방대하다.

1편부터 4편은
지방관 기본자세요
5편부터 10편은
지방관 실천 정책이며
마지막 2편은
빈민구제 진황정책과
지방관 임기 교체 내용이다.

읽고 감동하게 한 것
율기 6조
애민 6조
예전 6조

율기 6조는
바른 몸가짐, 청렴한 마음
집안 다스림, 청탁 물리침
씀씀이 절약, 베풀기 좋아함이다.

애민 6조는
어르신 봉양, 어린이 보살핌
가난 구제, 상주 도움

병자 돌봄, 재난 구함이다.

예전 6조는
제사, 손님 접대
백성 교육, 교육 진흥
신분 구별, 농사 권장이다.

목민심서를 읽은 관리는
백성을 사랑하는 관리
백성의 입장에 서는 관리

백성을 위해 일하는 관리
백성을 위해 희생하는 관리가 되리라

목민심서
치민에 대한 도리를 논술한 책이다.

(3) 해인사 대장경판

해인사에 소장되어 있다.
고려 고종 때 판각(板刻)하였다.
국보 제32호이다.
초조대장경이 몽고군 침입으로 불타버리자.
다시 목판에 새겼다.

고려 때 판각되어 고려대장경판

판수가 8만여 판이라 팔만대장경판이다.

다시 새겨 재조대장경판이다.

해인사에 있어 고려대장경판(海印寺高麗大藏經板)이다.

사용된 나무는 산 벗, 돌배, 단풍나무 등이다.

경판 크기는 24×68-78cm

두께 2.5~3cm

무게 3kg 정도이다.

각 판 상하엔 계선(界線)이 있고 단변(單邊)이다.

경판 가운덴 무판심(無版心)

권자본(卷子本)의 판식(版式)이다.

경판은 옻칠하고 귀퉁이엔 금속판이다.

권말에는 간행 기록(刊記)

고려국(분사)대장도감봉칙조조(高麗國(分司)大藏都監奉勅彫造)

해인사 대장경판 길이길이 보존하자.

한민족의 우수성을 후세에 알리자.

8만대장경판 넌 국가의 보물이다.

(4) 직지심체요절

직지는
고려 말기 승려 경한(景閑)*이
엮은 책이다.
상하 2권
서명은 백운화상초록불조직지심체요절
경한이 초록한 수고본(手稿本)*이다.
금속활자로 만든 세계 최초의 책이다.

청주 흥덕사 금속활자본
상권은 오리무중이고
하권 1책만이 프랑스 국립도서관
동양 문헌실에 있다.

내용은
일곱 부처와 28존(尊)
110 선사의 법어
307편의 게 · 송 · 찬 · 가 · 명 · 서 · 법어 · 문답 등이다.

중심 주제는
참선으로 마음을 바르게 보면
마음의 본성이 부처님의 마음이다.
사람이 마음을 바르게 깨달을 때

255

심성이 바로 부처의 실체이다.

직지는
가장 위대한 발명품이다.

* **경한(景閑)**: 고려 조계 대선사로 호가 백운이다.
* **수고본(手稿本)**: 저자 또는 편저자가 직접 쓴 것이다.

(5) 파피루스

파피루스는 Papyrus
식물의 이름이다.
외떡잎식물 벼목 사초과*의 다년초
지중해 연안의 습지에서 자란다.

높이는 1～2m
잎은 비늘 같고
줄기는
둔한 삼각형
짙은 녹색
마디가 없다.

고대 이집트는
나일 강에서 재배한

파피루스 줄기로
파피루스 종이를 만들었다.
속*은 식용하였다.

파피루스는
세계에서 가장 오래된 종이
파피루스 문서는 다양하다.
현존하는 것은 종교 문서
다채로운 그림도 있다.
Papyrus는 Paper의 어원이다.

257

* 사초과(Cyperaceae/莎草科): 외떡잎식물 벼목의 한 과
* 속: 髓라고 한다.

곡천 이만수(谷泉 李萬洙)

1948년 경남 진주 출생
수곡초등학교, 진주중학교, 진주고등학교 졸업
서울교육대학교 초등교육학과(교육학사)
명지대학교 문헌정보학과(도서관학사)
한양대학교 교육대학원 사서교육전공(교육학석사)
중앙대학교 신문방송대학원 영상매체전공(문학석사)
상명대학교 대학원 문헌정보학전공(문학박사)
대진대학교 총장 비서실장
대진대학교 중앙도서관장
대진대학교 인문과학대학장
대진대학교 대학원장
대진대학교 통일대학원장
대진대학교 대학원 전공주임 교수
대진대학교 교육대학원 전공주임 교수
명지대학교 문헌정보학회장
학교도서관정책포럼 회장
한국도서관·정보학회 부회장, 총무, 이사
현) 대진대학교 문헌정보학과 교수
　　대진대학교 독서문화연구소장
　　대진대학교 다문화연구소장
　　한국문헌정보학회 이사
　　독서논술연구소장

『도서관교육론』(1989, 공저)
『학교도서관 경영론』(1995, 공저)
『정보사회의 이해』(2000)
『문헌정보학의 이해』(2003, 공저)
『공공도서관 길라잡이』상·하(2003)
『최신 문헌정보학의 이해』(2006, 공저)
『독서교육론』(2008)
『책만 읽는 바보』(2012)

「교육대학도서관의 교육적 기능에 대한 연구」, 한양대 석사학위논문(1986).
「교수미디어센터의 운영에 관한 연구」, 중앙대 석사학위논문(1991).
「문헌정보학 실습실의 교수매체 센터화에 관한 연구」, 상명대 박사학위논문(1999).
「책의 속성에 관한 명언 연구, 독서에 관한 명언의 연구」
「학교도서관 이용자 교육의 효과적인 운영 방안」
「대학생을 위한 필독도서 선정 연구」
외 100여 편

초판발행 2013년 11월 22일
초판 3쇄 2019년 1월 11일

지은이 이만수
펴낸이 채종준
기 획 조현수
편 집 정지윤
마케팅 송대호
디자인 홍은표

펴낸곳 한국학술정보(주)
주소 경기도 파주시 회동길 230(문발동)
전화 031 908 3181(대표)
팩스 031 908 3189
홈페이지 http://ebook.kstudy.com
E-mail 출판사업부 publish@kstudy.com
등록 제일산-115호(2000. 6. 19)

ISBN 978-89-268-4621-6 03810